Über dieses Buch

Die »Schrecken der Meere« haben vielerlei Gestalt, denn seit jeher hat das Meer in seiner gefährlichen Unberechenbarkeit und dämonischen Undurchschaubarkeit den Menschen übel mitgespielt. Ob es blutrünstige Haie sind, gegen die ein auf sich allein gestellter Matrose einen stundenlangen Kampf ausfechten muß, ob es die plastisch geschilderten Qualen der Mannschaft eines untergehenden Schiffes sind, ob Mutter und Kind durch eine Überflutung in der Gefahr schweben, aufs offene Meer hinausgetrieben zu werden, mit Schuld beladene Kapitäne als Gespenster für ihre Sünden büßen müssen, ein Vampir eine ganze Mannschaft in den Tod treibt, ein phantastischer Strudel von ungeheuren Ausmaßen ganze Schiffe verschlingt, eine gespenstische Insel von ihr angelockte Abenteurer zugrunde richtet, ob Piraten zu Lebzeiten und auch nach ihrem Tode ihr blutiges Handwerk treiben – immer und überall lauern Tod, Zerstörung und Grauen auf den Menschen, der sich dem trügerischen Element Wasser anvertraut.

Handfeste Spannung, grausige Phantastik, Unheimlich-Übernatürliches oder makabre und skurrile Schauergeschichten – der vorliegende Band gibt einen Querschnitt durch die Vielfalt der Themen und Motive des Schrecklichen und Unheimlichen, wie es berühmte Autoren der Weltliteratur immer wieder geschildert haben.

Der Autor

Der Herausgeber und Übersetzer Adrian Baar wurde 1927 in China geboren, studierte Sinologie und Slawistik – mit dem Schwerpunkt chinesische Geistesgeschichte – an einer chinesischen Universität. Baar bereiste als Publizist und Schriftsteller China und die UdSSR kreuz und quer und lebt heute in Deutschland.

Im Fischer Taschenbuch Verlag ist außerdem von Adrian Baar erschienen: ›Chinesische Gespenstergeschichten‹ (Bd. 1653).

DIE SCHRECKEN DER MEERE

12 unheimliche Geschichten

herausgegeben und übersetzt
von Adrian Baar

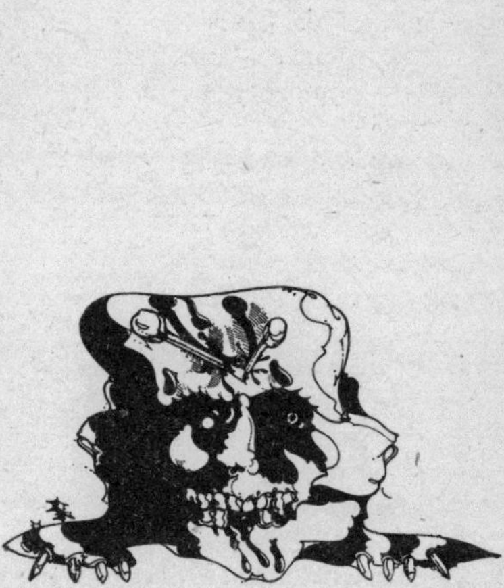

Fischer Taschenbuch Verlag

Originalausgabe
Fischer Taschenbuch Verlag
Juli 1976
Umschlaggestaltung: Endrikat + Wenn
Fischer Taschenbuch Verlag GmbH, Frankfurt am Main

Gesamtherstellung: Hanseatische Druckanstalt GmbH, Hamburg
Printed in Germany
480-ISBN 3 436 02295 0

Inhalt

Vorwort

Seit eh und je haben das Meer und seine Schrecken die Phantasie der Menschen beschäftigt. Ob es sich um die Schiffe handelte, die es befuhren, um ihre Kapitäne und Mannschaften und die spannenden oder auch grausigen Erlebnisse, die sie auf dem Meer hatten, um die wirklichen oder erfundenen Bewohner der Tiefe oder um die dämonische und zerstörerische Gewalt der See selbst – zu allen Zeiten haben sich Aberglauben, Sagen, Legenden, reale und gespenstische Geschichten um das Element Wasser gerankt, das selbst heute, im Zeitalter der Panzerkreuzer und Turbinenschiffe, noch nichts von seinem mythischen Zauber und seiner gefährlichen Unberechenbarkeit verloren hat.
Schon die altägyptische Literatur kannte die Klage eines gestrandeten ägyptischen Seemannes, der den Untergang seines Schiffes mit der ganzen Mannschaft beklagt und den Himmel um seine Rettung anfleht. Auch heute würden wohl viele Seeleute dem Seemann zustimmen, der im »Untergang der ›Jastreb‹« behauptet, das Meer sei nichts als Betrug, und in seiner malerischen Sprache fortfährt: »Manchmal ist das Meer ganz zärtlich und schmeichelnd ... es rührt sich nicht – aber versuch nur, ihm zu trauen! Du mußt – um es einmal auszusprechen – bei ihm jeden Augenblick auf eine Niederträchtigkeit gefaßt sein! Ständig mußt du auf der Hut sein!«
Der vorliegende Band versucht, einen Querschnitt durch die Vielfalt der Themen und Motive zu geben, die sich mit der Unheimlichkeit des Meeres oder im weiteren Sinne des Wassers beschäftigen. Ebenso mannigfaltig wie die Inhalte der Erzählungen ist auch die Art der Darstellung. Sie reicht vom Realismus – dem spannenden, klaren Erzählstil des vielgereisten Gerstäcker bis zur psychologisch differenzierten Darstellungskunst eines Stanjukowitsch, der als Marineoffizier das Meer in allen seinen Wandlungen kennengelernt hat, eines Tolstoi und der stark atmosphärischen Spannung, wie sie Bret Harte zu schaffen weiß, über die sich realistisch gebende Phantastik E. A. Poes, die unheimlichen Vampirgeschichten, Gespensterfabeln und grausigen Legenden Stokers, Hauffs und Marryats bis zu der makabren und skurrilen Phantasie eines Irving, Middleton und Awertschenko, der in seiner Erzählung

»Die Nixe« gerade durch die Entlarvung der falschen Wasserromantik ein ganz besonders abstoßendes Schreckensbild entwirft.

Immer und überall lauern Tod, Zerstörung, Grauen oder Verwirrung — auf untergehenden Schiffen, durch gierige Haifische, bei Überflutungen, in alles verschlingenden Strudeln von ungeheuerlichen Ausmaßen, durch Gespensterschiffe, Piraten oder geheimnisvolle Inseln. Der Umkreis der Bedrohungen, die vom Meer ausgehen oder die jene Menschen darstellen, die sich auf ihm versündigt haben, ist weit, und ob es konkrete Gefahren oder gefürchtete und verwirrende Phantome sind — ihre Faszination ist so gewaltig wie das Meer selbst.

Adrian Baar

Der Untergang der »Jastreb«

Die Erzählung eines alten Seemannes

I

»Damals, Euer Gnaden, haben wir uns wieder an Gott erinnert! Und wie wir uns an Ihn erinnert haben! Selbst unser Erster Offizier, ein ganz tollkühner Mensch — Angst kannte er überhaupt nicht —, er fluchte ständig und polierte uns häufig die Zähne — in den alten Zeiten, das wissen Sie ja selbst, waren die Sitten noch streng. Sogar er ist plötzlich zur Besinnung gekommen. ›Brüder‹, sagte er, ›meine Lieben!‹ Eine ganz andere Sprache führte er auf einmal, hatte anscheinend begriffen, daß der Tod etwas anderes ist als ein Hieb zwischen die Zähne bei einem wehrlosen Matrosen; der Tod wird dir selbst die Zähne einschlagen, egal, wie protzig du tust. Wir andern alle hatten jede Hoffnung verloren, man kann schon sagen, die Verzweiflung hatte uns gepackt; wir glaubten steif und fest, daß dieses Deutsche Meer unser Ende sein wird. Es ist ein gemeines Meer, Euer Gnaden! Man sagt, daß es dort ständig Unwetter gibt. Die Wellen sind total verrückt, ohne Sinn und Verstand schmeißen sie das Schiff hin und her. Deshalb ist die Schaukelei dort kaum zum Aushalten. Das haut den stärksten Mann um. In meinem ganzen Seemannsleben habe ich alle möglichen Meere und Ozeane gesehen, aber ein schlimmeres Meer als dieses gibt es nicht . . . Doch der Herr hat die Gebete der Matrosen erhört — Seemannsgebete erreichen Gottes Ohr eben leichter! — und hat geholfen. Viele sind am Leben geblieben . . . Und unser Kapitän, Lewontij Fjodorowitsch Beloborodow — vielleicht haben Sie von ihm gehört, Euer Gnaden? — war ein kluger und gütiger Mensch . . . Damals hat er gezeigt, was in ihm steckte . . . Den Untergang der ›Jastreb‹ konnte er nicht ertragen, Gott sei seiner Seele gnädig!«

Und Iwanitsch, mit dem wir an einem heißen Sommertag im schattigen, kühlen Garten auf dem Gut meines Freundes, eines ehemaligen Seemannes, saßen, wo der alte Matrose als Nachtwächter arbeitete, entblößte sein weißes Haupt.

»Und stattgefunden hat der Untergang unserer ›Jastreb‹ in einer Meerenge, Euer Gnaden!« fuhr Iwanitsch fort. »Eine tückische Meerenge, voller Sandbänke und Riffe. Und die Küsten sind trügerisch, flach. Den Namen dieser Meerenge habe ich vergessen ... Mein Kopf ist nicht mehr der jüngste, Euer Gnaden. Klang so ähnlich wie Krake ...«

»Skagerrak«, mutmaßte ich.

»Genauso hieß sie ... Wir fuhren im Spätherbst hindurch, mit gerefften Segeln, es war ein trüber Tag, von Sonne keine Spur und eine kühle Brise ... und gegen Abend refften wir zur Sicherheit das letzte Segel, denn der Wind frischte mächtig auf, und die Wellen tobten nun wie verrückt ... Die heulen und greifen die ›Jastreb‹ an. Aber unsere Korvette war stark, erst im vergangenen Sommer gebaut und von Kronstadt auf eine weite Reise, die drei Jahre dauern sollte, geschickt — sie ächzt nur und schaukelt wie toll auf den Wellen, und so wüst die auch schlagen, ihr können sie nichts anhaben. Nur wir werden vom Gischt übersprüht. Unsere Steuerleute waren allerdings schwer auf der Höhe und vertrödelten keine Zeit mit Gaffen. Die wußten schon, was ihnen sonst geblüht hätte. Also gut. Es wurde zum Schlafengehen gepfiffen. Wir gingen bis zu unserer nächsten Wache nach unten, hängten unsere Hängematten auf und waren froh, nach diesem schweren Tag bis Mitternacht schlafen zu können. Na, Sie kennen das ja, ein müder Mensch legt sich hin und ist gleich weg. Ob ich lange geschlafen habe, kann ich nicht sagen, Euer Gnaden, plötzlich wurde ich hochgeworfen und flog fast aus der Hängematte heraus. Ich hörte ein schreckliches Krachen. Die ›Jastreb‹ erzitterte und schien stillzustehen. Im selben Augenblick sprangen schon alle aus ihren Hängematten. Und der Bootsmann schreit mit schriller Stimme von oben in die Luke: ›Alle Mann an Deck‹! Aber uns brauchte keiner mehr Beine zu machen, wir ziehen uns schon längst an und laufen nach oben, weil wir alle Angst haben. Wir begriffen, daß wir auf eine Sandbank aufgelaufen waren. Ich rannte wie ein Verrückter nach oben zu meinem Platz am Marssegel und sehe ein Bild des Grauens! Die Nacht ist finster, ringsum brüllt das Meer, und der Wind heult im Takelwerk. Und der Kapitän selbst schreit Befehle durch das Sprachrohr: ›Männer am Marssegel, an die Wanten! Segel festmachen!‹ Seine Stimme klingt ruhig, als drohe keine Gefahr ... Lewontij Fjodoritsch war ein Mensch von großer Festigkeit, Euer Gnaden. Er war ein Meister in der Navigation und freundlich zu den Matrosen. Er kränkte niemand ohne Grund, und wenn er strafte, so stets mit Verstand ... Von der Sorte, die unsereins ohne Sinn und Verstand zur Verzweiflung trieb, gab's genug ... Ja, die gab's Euer Gnaden!« fügte der alte Mann nachdenklich hinzu.

Er schwieg eine Weile, seufzte, als bedauere er die Menschen, die andere zur Verzweiflung treiben, und fuhr fort: »Also stiegen wir, die Männer am Marssegel, nach oben ... Wir kletterten nach allen Seiten, und jeder versucht mit aller Kraft, sein Segel festzumachen. Dann stiegen wir wieder hinunter. Da schossen sie schon aus den Kanonen ... das heißt, wir geben Notsignale. Und alle Matrosen stehen schon an den Pumpen, sie pumpen das Wasser aus dem Laderaum. Trotzdem steigt das Wasser und steigt ... und unsere ›Jastreb‹ wird immer wieder auf die Felsen geworfen. Es war schrecklich, Euer Gnaden! Trotzdem bestand noch eine Hoffnung, daß wir das Wasser auspumpen und uns bis zum Morgen halten können, dann ist die Küste vielleicht gar nicht so weit, irgendwie werden wir uns schon retten ... Wir pumpen also wie die Teufel ... und spüren die Kälte nicht. Und der Kapitän spornt uns an: ›Verliert nicht den Mut, Leute!‹ ruft er. So hofften wir weiter bis zum Morgen, Euer Gnaden, doch als es hell wurde, begriffen wir, daß unser letztes Stündlein geschlagen hatte. Das Wasser stieg schon bis zum Oberdeck, und die Wellen schlagen über dem Heck zusammen. Und der Sturm will kein Ende nehmen, und ringsum nichts ... Nur tobende, wirbelnde Wellen, und in ihnen ist der Tod. Und sie schießen immer noch aus den Kanonen ... verbrauchen die letzte Munition, denn nach unten, unter Deck, kann keiner mehr. Der Kapitän, der Wachhabende und der Steuermann, die stehen alle auf der Brücke. Lewontij Fjodoritsch ist bleich wie der Tod und in dieser Nacht ganz alt geworden. Er starrt mit verzweifelter Hoffnungslosigkeit vor sich hin. Und auch in unserem Blick ist verzweifelte Hoffnungslosigkeit. Wir hörten auf zu pumpen, machten uns für alle Fälle daran, die Rettungsboote herunterzulassen, und wollten ein Floß bauen. Unmöglich! Das Wasser schoß aus den Luken und begann, das Vorderdeck zu überfluten ... und von außen klatschten die Wellen herein ... Alle drängten sich am Bug zusammen, der, da die ›Jastreb‹ mit dem Vorderteil auf Fels aufsaß, höher lag, und als auch das Oberdeck vom Wasser überflutet wurde, kletterten wir alle in die Wanten;

wir bleiben nah beieinander, und ein paar stiegen sogar bis zur Marsstenge, um dem Tod zu entrinnen. Und der ist da, er schaut aus dem Wasser ... Voller Verzweiflung warten wir darauf, daß die ›Jastreb‹ jeden Augenblick auseinanderbricht und wir ertrinken ... Unser Pope begann, uns Sterbegebete vorzulesen ... bereitet uns auf den Tod vor ... Er konnte sie aber nicht zu Ende sprechen, eine Welle trug ihn fort, und er verschwand im Meer. Und viele, die es nicht geschafft hatten, in die Wanten zu klettern, wurden von Deck gewaschen und gingen vor unseren Augen unter. Das war gräßlich mitanzusehen, und jeder von uns dachte, daß auch er nicht mehr lange zu warten hätte. Die einen beteten, die anderen weinten, wieder andere saßen wie Verrückte da, mit hervorquellenden Augen. Zwei Matrosen sprangen freiwillig ins Wasser, um diese Qual nicht mehr erdulden zu müssen. Große Qualen schickte uns damals der Herr ... Das alles ist schon lange her, doch kaum erinnert man sich daran, packt einen kaltes Grausen ... Manchmal träumt man davon, in welcher Not wir damals waren, und wacht, in kaltem Schweiß gebadet, auf. Ein paar von uns sind zwar am Leben geblieben, haben ihren Verstand aber für immer verloren. Und was für ein Grauen mußte man damals mitansehen, Euer Gnaden! Der Dienst bei der Marine ist gefährlich ... So was gibt es nicht zweimal. Auf dem Lande kann man sich zur Not immer irgendwie zurechtfinden, aber was, wenn rundum nichts als Wasser ist? Ist doch ganz was anderes, wenn man festen Boden unter den Füßen hat! Zu Lande hat man seinen Rasen, seinen Wald, seine Blumen ... wie gut das tut! Wie wir, Euer Gnaden, jetzt zum Beispiel hier sitzen und die Mutter Erde spüren. Wie wundervoll duften doch die Blumen ... und wie schön singt der Vogel und lobt Gott ... und die Mücke summt ... und da ist die Ameise, eine fleißige Arbeiterin, und schleppt einen Strohhalm ... mit einem Wort, eine große Fülle«, sagte Iwanitsch.

Und seine kleinen, immer noch lebendigen, funkelnden Augen betrachteten alles ringsum mit liebevollem Blick. Sein faltiges, ausgedörrtes Gesicht zeigte tiefe Rührung.

Er zog aus der Tasche seiner breiten Segeltuchhose eine kleine Pfeife, stopfte sie mit Machorka, tat einige genußvolle Züge und fuhr fort: »Und nehmen wir nun das Meer ... es ist nichts als Betrug.«

»Was soll das heißen — Betrug?« fragte ich, da ich nicht ganz begriff, was Iwanitsch sagen wollte.

»Es ist der gleiche Betrug wie bei einem hinterlistigen Menschen, zum Beispiel, wie bei dem hiesigen Gutsverwalter«, fügte der alte Mann plötzlich mit gesenkter Stimme hinzu. »Ich durchschaue ihn völlig, und wenn er noch so verschlagen ist . . .«

Und Iwanitschs eben noch rührseliges Gesicht nahm einen zornigen Ausdruck an, und seine Augen blitzten. Man sah, daß er mit dem Gutsverwalter Unannehmlichkeiten gehabt haben mußte.

»Manchmal ist das Meer ganz zärtlich und schmeichelnd . . . es rührt sich nicht — aber versuch nur, ihm zu trauen! Du mußt — um es einmal auszusprechen — bei ihm jeden Augenblick auf eine Niederträchtigkeit gefaßt sein! Ständig mußt du auf der Hut sein! Früher, in den alten Zeiten, als die Schiffe noch aus Holz waren, da blieb dir in Seenot noch Hoffnung; aber jetzt, seit es diese vielgerühmten Panzerkreuzer gibt — lauf mal auf einen Felsen auf, du schaffst es nicht mehr, an Deck zu kommen, so schnell bist du auf dem Meeresgrund!«

Noch eine ganze Weile schimpfte Iwanitsch auf die Panzerkreuzer, die er plumpe Schildkröten nannte, und erst als ich ihn taktvoll mahnte, nahm er seine Erzählung wieder auf.

II.

»So hockten wir also den ganzen Tag in den Wanten, halb erfroren und hungrig . . . Neben mir saß Akimka Kostrikow, Matrose im ersten Jahr und ein Landsmann aus demselben Dorf wie ich — er hatte völlig den Mut verloren . . . weinte wie ein Kind. Er war ein guter Kerl, eine Seele von einem Menschen, aber beim Dienst in der Marine eckte er ständig an, deshalb kriegte er oft vom Ersten Offizier und vom Bootsmann eins ab, und häufig wurde ihm ziemlich hart in die Fresse gehauen. Er hatte viel gelitten, klagte ständig über den Dienst an Bord und hatte große Sehnsucht nach der Heimat, das heißt, nach festem Boden. Ich tröste also den Mann und sage: ›So Gott will, wird ein Frachter vorbeikommen, wird uns helfen und zu uns herkommen. Und der Sturm‹, sage ich, ›legt sich auch allmählich. Und die ›Jastreb‹ wird auch nicht mehr so arg gegen die Felsen geworfen . . . die hält sich bestimmt noch eine Weile!‹

Kaum habe ich ihm etwas Hoffnung gemacht, schaue ich auf, und da schimmert am Horizont doch wirklich weiß ein Segel und nimmt Kurs auf uns ... Auch die anderen hatten das Schiff gesehen und schrien wie auf Kommando dreimal ›Hurra‹. Vor Freude nämlich. Wir schauen alle hoffnungsvoll auf das Schiff, winken mit Taschentüchern, Fahnen ... damit man uns bemerkt ... Akimka ist fast übergeschnappt ... mal weint er, mal lacht er und zittert am ganzen Körper, blau vor Kälte. Und bald tauchen die Umrisse einer Brigg auf ... fährt mit vollen Segeln auf uns zu. Da schrien alle noch einmal ›Hurra‹. Sie sehen, die Rettung ist nah, und bekreuzigen sich ... Und der Kapitän schreit vom Obervormarssegel – er ist von der Brücke dorthin geklettert, weil die bereits unter Wasser stand: ›Gratuliere, Leute! Die Hilfe naht!‹ Und alle schreien wieder ›Hurra‹, und zwar so laut und so begeistert, daß ich es gar nicht sagen kann ... Und wieder schwenkten alle ihre Mützen. Nun war die Brigg schon ganz nah. Wir konnten ihren Kapitän und die Matrosen erkennen. Vor Freude wurden wir ganz stumm. Wir warten: gleich werden die Leute auf der Brigg Rettungsboote herunterlassen ... Unser Kapitän schreit zu der Brigg irgend etwas in ihrer Sprache hinüber ... ›Komm näher, rette uns!‹ oder so was ... Und was glauben Sie, Euer Gnaden, hat sie gemacht? Sie fuhr, ein paar Dutzend Meter von uns entfernt, vorbei, und damit hatten wir die Halunken gesehen! Sie drehte ab, fuhr weiter, und bald hatten wir sie aus den Augen verloren ... Wir waren baff allesamt ... Ihr Kapitän hätte bloß hören sollen, mit was für Flüchen wir ihn verabschiedeten und wie wir den Hund beschimpften. Was heißt Hund? Schlimmer ... sogar jedes wilde Tier hat Mitleid mit seinem Bruder, und der ... Es gibt wirklich Schurken auf dieser Welt, Euer Gnaden! Einem Ertrinkenden nicht zu helfen ... Wie kann Gott nur solche Teufel dulden! Und wie konnte der Kapitän mit einer solchen Sünde weiterleben? Und wie haben die Matrosen der Brigg es fertiggebracht, nicht gegen ihn zu meutern und ihn nicht zu zwingen, daß er uns half? Wir waren doch auch Matrosen. Wo ist das Gewissen bei den Menschen?«

Iwanitsch hielt in zorniger Verwunderung inne; offensichtlich hatte er trotz seines Alters und seiner ganzen Lebenserfahrung den Glauben an das menschliche Gewissen nicht verloren und wunderte sich nach wie vor, daß es manchmal keins gab.

»Und wissen Sie, Euer Gnaden, was ich über die Menschen, die uns damals in unserer Not im Stich gelassen haben, denke?« fragte er schließlich.

»Was?«

»Daß ihr Gewissen sie danach zu Tode gequält hat. Es kann gar nicht anders sein, Euer Gnaden. Denn egal, was für ein Bösewicht du bist, die Zeit wird schon kommen, wo dein Gewissen sich meldet: ›Da bin ich, und da bleibe ich!‹ Dieser Kapitän hat vielleicht nächtelang nicht schlafen können... Die ganze Zeit hatte er die Matrosen des untergehenden Schiffes vor Augen... Wenn Gott den Menschen nicht bestraft, so bestraft ihn sein Gewissen. Das ist schon so!« sagte Iwanitsch überzeugt und schwieg, in Gedanken versunken.

»Erzählen Sie doch weiter, Iwanitsch!« bat ich nach einer Weile.

»Weiter, Euer Gnaden, da gab's nur noch Qualen. Wir verloren jede Hoffnung. Wir dachten: wenn wir nicht ertrinken, werden wir doch am Hunger sterben. Rettungsboote gab es nicht: alle waren weggeschwemmt worden, nur die Schaluppe des Kapitäns war wie durch ein Wunder übriggeblieben. Doch wie gegen ein solches Wetter anrudern? Obwohl der Wind nachließ, war das Meer noch sehr stürmisch. Trotzdem rief der Kapitän Freiwillige auf: wer will versuchen, mit der Schaluppe loszufahren, die Küste zu erreichen und Hilfe zu holen? Viele Freiwillige meldeten sich, doch nur sieben der stärksten Männer unter dem Kommando eines jungen Unterleutnants zur See wurden ausgewählt. Wir schafften es, die Schaluppe hinunterzulassen... Sie fuhr los und war bald verschwunden. Wir waren sicher, daß sie untergegangen war. Die Nacht kam. Es war eine helle Mondnacht. Ich wünsche niemandem, eine solche Nacht zu erleben. Und was geschah nicht in dieser Nacht! Vor Hunger und Durst schrien viele wie im Delirium, waren ganz von Sinnen und warfen sich ins Meer. Viele wurden ganz entmenscht... jeder wollte höher klettern und schubste den anderen. Und mein Akimka war starr vor Kälte. Lehnt sich an mich, klammert sich mühsam an die Wanten und stammelt mit weit aufgerissenen Augen unablässig wahnsinnige Worte vor sich hin. Er spricht und spricht über das Dorf, wie gut es dort ist, daß ein Pferd ruft... und zwar so, als sähe er das alles vor sich... Es war zum Gotterbarmen, das zu hören. Ich sehe, der Kerl geht buchstäblich ein. Ich bekam großes Mitleid mit ihm. Packte ihn an der Hand — ich war ein starker Matrose, Euer Gnaden — und zerrte ihn nach oben, auf die Marsstenge. Ich schaffte es nur mit Mühe. Die Matrosen dort hatten sich etwas einfallen lassen; um sich gegenseitig zu erwärmen, lagen sie aufeinander. Wie Holzstapel. Ich legte Akimka auf den Haufen und mich selbst auf ihn drauf. So würde ihm wärmer sein. Und er begann, sich langsam zu erholen ... hörte auf zu phantasieren und schlief ein.«

»Und Sie, Iwanitsch? Sind Sie auch eingeschlafen?«

»Keine Spur, Euer Gnaden ... Der Schlaf wollte nicht kommen, und Hunger quälte mich ... Noch schlimmer war der Durst. Für einen Schluck Wasser hätte ich alles gegeben. Doch ich ertrug es, weil noch Kraft in mir war. Aber ich wartete nur noch, ganz ruhig, auf den Tod. Einer nach dem anderen stirbt, denke ich. Wieso bin ich besser als sie? Auch an mich wird die Reihe kommen, und ich werde ins Meer fallen ... Und trotzdem wollte ich leben.

Neben mir auf der Marsstenge lag unser Mann am Vormarssegel, Jegorow. Er war ein schwerer Säufer und, wenn er betrunken war, kein ehrlicher Mensch. Für seine Sauferei war er schon hart bestraft worden, man hatte ihn geschlagen und ausgepeitscht, aber alles half nichts: kaum geht er an Land, ist er binnen kurzem sternhagelvoll. Sonst war er ein kluger, fröhlicher Mensch mit einem guten Herzen. Und nun sagte er zu mir: ›Weißt du, Iwanitsch, warum ich nicht sterben möchte?‹

›Warum?‹ frage ich.

›Deshalb‹, sagt er, ›weil ich ein Schwein bin ... Ich habe mein ganzes Geld versoffen und meiner Tochter keinen Pfennig gegeben. Und meine Tochter ist ohne Mutter, eine ganz verwahrloste Waise, sie lebt bei ihrer Patentante. Und die Patentante hat selber kaum was zu beißen. Und jetzt geht mir die kleine Dunja nicht aus dem Kopf. Wer wird Mitleid mit ihr haben, wenn der Vater keins mit ihr hatte? Sie wird untergehen!‹

›Es werden sich schon gute Menschen finden‹, sage ich, ›die Mitleid mit ihr haben!‹

›Kaum, wenn der eigene Vater ... Und weißt du, Iwanitsch ... wenn ich durch irgendein Wunder überlebte, würde ich das Trinken aufgeben und mein ganzes Geld der Tochter schikken!‹ Da sehen Sie, Euer Gnaden, wann es ihm einfiel — als der Tod ihm schon im Nacken saß.«

»Und was ist mit ihm, ist er am Leben geblieben?« fragte ich.

»Er ist am Leben ... und lebt immer noch in Kronstadt.«

»Und wie ist es, hat er sein Gelübde gehalten?«
»Und wie er es gehalten hat, Euer Gnaden. Ich habe gestaunt, wie er seinen Charakter umgestülpt hat . . . Die Tochter hat aus dem Vater einen ganz anderen Menschen gemacht . . . und natürlich die Erschütterung auf der ›Jastreb‹ . . . Jegorow hat noch lange danach mit Bewußtseinsstörungen im Krankenhaus von Kronstadt gelegen . . . Erst nach sechs Monaten wurde er entlassen.«
»Aber nun erzählen Sie, Iwanitsch, wie seid ihr gerettet worden?«
»Das kam durch die Schaluppe . . . Den Matrosen sei Dank: sie haben den Mut nicht verloren und der Unterleutnant zur See, der mit ihnen fuhr, hat auch den Mut nicht verloren. Sie ruderten und ruderten, ließen sich ans Ufer werfen und berichteten sofort . . . Und wir haben damals daran überhaupt nicht gedacht. Wir hatten nicht die leiseste Hoffnung auf die Schaluppe gesetzt. Wir rechneten damit, daß sie untergegangen war, und warteten auf den Tod. So verging die zweite Nacht . . . Es wurde hell . . . das Meer hat sich beruhigt, und die Sonne strahlt. Aber wir alle sind wie Verurteilte . . . hatten nicht einmal die Kraft, uns auf den Wrackteilen zu retten . . . Auch ich fing an nachzugeben. Ich wurde schwach . . . der Durst peinigte mich . . . Da hören wir plötzlich, Euer Gnaden, daß unser Kapitän mit einer ganz fremden Stimme etwas über das Trinken schreit und daß er seine Leute in den Tod geführt hat . . . Und der arme Lewontij Fjodoritsch schreit und schreit. Daß heißt, daß auch er schwer erschüttert war. Und viele schrien, seufzten und stöhnten und riefen nach dem Tod. Ich kann Ihnen gar nicht schildern, Euer Gnaden, wie schwer es war, dieses Stöhnen und Schreien anzuhören. Ich kann mich nicht ohne Grausen daran erinnern. Nun gut. Der Kapitän schrie so eine Stunde oder zwei, dann verstummte er . . . Doch plötzlich gab er wieder einen jammervollen Schrei von sich: ›Verzeiht mir, Leute!‹ Und ich sehe, wie er vom Obervormarssegel kopfüber hinunterfällt. Er hat sich hinuntergeworfen . . . und eine Welle trug auch ihn ins Meer . . . Er war ganz blutverschmiert, wie die Leute sagen, die das vom Obervormarssegel mitangesehen hatten . . . Gott sei seiner Seele gnädig! Ein Mann mit einem guten Herzen war er!«
Iwanitsch bekreuzigte sich und fuhr fort: »Und bald, nachdem der Kapitän sich hinabgestürzt hatte, sehe ich ein Segel am Horizont. Ich denke: das muß eine Sinnestäuschung sein.

Viele von uns haben in diesen Tagen geglaubt, Segel zu sehen – doch nein ... alle sahen es, und bald zeichnete sich ein Schoner ab ... Er fährt auf uns zu ... Wieder schrien wir ›Hurra‹, aber dieses ›Hurra‹ war kaum zu hören ... Wir hatten keine Kraft, richtig zu schreien. Fast alle waren am Ende und sehnten den Tod herbei, als statt dessen das Leben kam ... Der Schoner legte sich längsseits an die ›Jastreb‹. Schwedische Matrosen tauchten auf und begannen, uns wie halb erfrorene Vögel herunterzuholen und auf den Schoner zu schleppen ... Und ich, Euer Gnaden, weinte vor Freude. Ich kann kein Wort sagen und weine nur. Sie zogen uns unsere nassen Kleider aus, wickelten uns in Decken und legten uns aufs Deck. Und ihr Arzt ging mit dem Arztgehilfen zwischen uns hin und her, gab jedem einen Tropfen Rum und später heiße Suppe. Wir bekamen nur wenig, denn sie sagten, viel dürften sie uns nicht geben ... Und bald brachten sie uns wohlbehalten an Land und verteilten uns auf die Häuser in ihrem kleinen Städtchen. Dort, Euer Gnaden, erholten wir uns eine Woche, bis man uns nach Kronstadt schickte. Doch viele fehlten. Insgesamt waren wir auf der ›Jastreb‹ hundertfünfundsiebzig Mann gewesen, übriggeblieben waren aber nur hundert ...«

»Und was geschah mit der ›Jastreb‹?«

»Sie ist untergegangen. Kurz nachdem man uns von ihr weggeschafft hatte, kam ein Wind auf, und gegen Abend heulte er bereits mit voller Kraft. In derselben Nacht ging die ›Jastreb‹ unter. Am Morgen war keine Spur mehr von ihr zu sehen ... nur einzelne Wrackteile wurden von den Fischern gesichtet.«

Iwanitsch hielt inne und stopfte abermals seine Pfeife.

In diesem Augenblick erschien am Ende der Allee der Besitzer des Gutes, Pjotr Petrowitsch, ein hochgewachsener, dünner, noch rüstiger alter Mann.

Als er näherkam, stand Iwanitsch auf.

»Setz dich, Iwanitsch ... setz dich!« befahl ihm der ehemalige Seemann.

Und an mich gewandt, fragte er: »Worüber haben Sie sich mit Iwanitsch unterhalten?«

»Er hat mir vom Untergang der ›Jastreb‹ erzählt ...«

»Ja ... das waren schreckliche Tage ... man wird sie nie vergessen!« bemerkte Pjotr Petrowitsch nachdenklich.

»Waren Sie denn damals auch auf der ›Jastreb‹?«

»Ja, das war ich. Ich war damals Unterleutnant zur See. Seit-

dem sind Iwanitsch und ich ja auch Freunde ... Damals habe ich auch erkannt, was für ein Mensch er ist ... Er hat Ihnen sicher nicht erzählt, wie er viele vom Tod errettet hat?«
»Nein! Über sich hat er nichts gesagt ...«
»Natürlich. Daran erkenne ich Iwanitsch. Er hat auch mich gerettet ... Ich konnte mich in den Wanten kaum halten. Nach seinem Landsmann hat er auch mich auf die Marsstenge geschleppt. Und nicht nur mich, sondern noch viele andere ... Wieso hast du das dem Gast nicht erzählt, Iwanitsch?« fragte Pjotr Petrowitsch, gutmütig lächelnd.
»Wozu solche Lappalien erzählen, Euer Gnaden!« antwortete Iwanitsch.
Mit diesen Worten stand er auf und ging hinkend die Allee hinunter.

FRIEDRICH GERSTÄCKER

Die Nacht auf dem Walfisch

Der englische Walfänger ›König Harold‹ kreuzte in der Nähe der Kingmills-Gruppe auf Spermfische. Er sollte die Wintermonate hier zubringen, um mit Beginn des Frühjahrs wieder nach Norden auf den Fang des eigentlichen Walfisches zu fahren. Vergebens war er aber jetzt monatelang hin und her gefahren und durch die sonst besten Jagdgründe für diese Fische wieder und wieder auf und ab gesegelt. Die Ausgucks in den Topps der Masten, die dort oben den ganzen Tag gehalten werden, um nach etwa auftauchenden Fischen auszuschauen, blieben still und stumm. Die Sonne brannte heiß und sengend auf das Deck nieder. Das Schiff, so still und reinlich, mit den klein gerefften Segeln in der leichten Brise, sah aus, als ob es hier an einem langen Sonntagnachmittag zum Vergnügen herumfahre.

Die Matrosen haben dabei natürlich immer ihre Arbeit: Segel müssen ausgebessert, das Takelwerk, stehendes wie laufendes, muß nachgesehen werden; die Eisen und Lanzen für den Fang des Fisches dürfen nicht rosten. Aber man sieht, daß die Leute eben nur arbeiten, um nicht müßig zu stehen. Von der Arbeit fort schweift ihr sehnsüchtiger Blick über das leicht gekräuselte Meer, in der Hoffnung, vom Deck aus den aufblasenden Strahl eines Fisches zwischen dem Blitzen der Wogen zu erkennen. Wäre aber wirklich etwas Derartiges in Sicht, so hätten die Leute oben in den Masten schon lange geschrien: »Dort bläst er!«

Wie auf Kommando ruht dann jede Arbeit, der Böttcher wirft seinen Hammer, der Tischler seinen Hobel hin. Der Kapitän springt die Kajütentreppe hinauf, um windwärts und nach dem Mann oben im Topp zu sehen und die Einzelheiten über die »aufgekommenen« Fische zu erfahren.

»Dort bläst er!« ruft der Mann oben wieder. »Er bläst — bläst — bläst«, setzt er langsam und gedehnt hinzu, wenn mehrere Strahlen nacheinander aufschießen, um jeden Strahl zu bezeichnen.

»Wo hinaus zu?« lautet der Ruf vom Deck, und der ausgestreckte Arm des Ausgucks bezeichnet die Richtung. Der Arm deutet windwärts, also gegen den Wind an, und die Bootssteuerer rufen in wilder Eile ihre Mannschaften zusammen. Das kleine Wasserfaß wird gefüllt, die Butte mit dem aufgerollten Tau für die Harpunen, die auf einem Gestell an der Want dicht über dem Boot gestanden, damit sie dieses durch ihre Schwere nicht schädige, wird hineingelassen. Das Boot selber gleitet unter den Kranen nieder aufs Wasser. Die Leute folgen, wie Katzen an den Außenwänden des Schiffes niederkletternd, die Riemen werden eingelegt, und sobald der Harpunier seinen Platz hinten am Steuerriemen eingenommen hat, stoßen sie ab. Der Bug des schnittig gebauten, leichten, kleinen Fahrzeugs strebt schäumend und die Flut an beiden Seiten zurückwerfend der bezeichneten Richtung zu. Das Schiff folgt mit der zurückgelassenen Mannschaft, so rasch es eben kann, seinen Booten, um diese nach vollendeter Jagd wieder aufzunehmen.

Die vier Boote des ›König Harold‹ ruderten, so rasch sie die elastischen Riemen vorwärtstreiben konnten, dem Wind gerade in die Zähne und kamen nach einer etwa halbstündigen harten Arbeit in Sicht der ersten »Strahlen« der spielenden und bald auf-, bald untertauchenden Fische. Von Bord des Walfängers wurde ihnen bis dahin mit einem an einer Stange befestigten und schwarz bemalten runden Korb, der weithin sichtbar ist, das Zeichen gegeben, nach welcher Richtung die Fische sich wandten.
Unter der ganzen Mannschaft herrscht bei solcher Fahrt ein besonderer Wetteifer. Es wird zur Ehrensache, welches Boot den ersten einträglichen Wurf macht, denn bei solcher Jagd gehen alle, vom Kapitän bis hinunter zum Schiffsjungen, auf Anteil aus.
Die drei schnellsten Boote hatten denn auch heute wieder die beste Aussicht, bald in Wurfnähe zu kommen, während das vierte, von Patrick, einem jungen, wagemutigen Iren befehligt, trotz der verzweifelten Anstrengung seiner Mannschaft nicht imstande war, ihnen nachzukommen. Als sich in den ersten Booten die Bootssteuerer schon zum Harpunenwurf fertigmachten, war es wohl noch eine ganze Kabellänge hinter diesen zurück.
Gerade da ging rechts von ihnen, aber freilich noch eine weite Strecke entfernt, ein einzelner Strahl auf. Wenn sich auch die

Boote nicht gern zu weit voneinander trennten, um im Fall der Not einander Hilfe leisten zu können, sah doch der hinten an seinem Steuerriemen stehende junge Ire kaum den einzelnen Strahl, als er den Bug seines Bootes herumwarf. Indem er sich von den übrigen Booten entfernte, jagte er dem neu aufgetauchten Wild nach. In etwa fünfhundert Schritt Entfernung von dem Fisch ruderten sie hinter ihm drein und näherten sich ihm, als er mehrmals untertauchte und dann langsam, keinen Feind hinter sich ahnend, wieder nach oben kam. Mehr und mehr drehte er dabei von dem bisher gehaltenen Kurs ab und zog, während das Schiff, wie man vom Boot recht gut sehen konnte, nach der anderen Seite zu lag, gerade nach Westen mit Wind und Strömung.

Patrick ließ nun, da ihnen der Wind günstig geworden, sein Segel setzen, um dem Fisch schneller und geräuschloser folgen zu können. Dieser aber – ob er nun auf eigene Faust in rasche Fahrt kam oder doch etwas von den Verfolgern gewittert hatte – lief jetzt so schnell durch das Wasser, daß selbst das leichte Boot mit einer günstigen Brise den Abstand nur wenig verringern konnte. Da plötzlich, als sie nach mühsamer Arbeit schon fast in Wurfnähe gekommen waren und der Bootssteuerer auch bereits mit dem Eisen zum Wurf ausholte, ging der Fisch nach unten, und das Boot schoß im nächsten Augenblick über die Stelle hin, wo die Flut noch hinter dem verschwundenen Ungetüm sich kräuselte und wirbelte.

»Segel ein!«

Die kleine Rahe fiel im nächsten Augenblick, und das Boot glitt nur noch langsam ein Stück weiter auf seiner Bahn. Der Bootssteuerer stand mit gehobener Harpune regungslos vorn im Boot, um gleich zum Wurf bereit zu sein, wenn der Fisch sich wieder zeigen sollte. Während das Segel nun an den Mast flappte und der Harpunier das Schotenfall noch um die Hand gewickelt hielt, um keinen Augenblick zu verlieren, wenn sie die Verfolgung wieder aufnehmen müßten, sahen die Leute an den eingelegten Rudern aufmerksam in die klare Flut unter sich.

»Da schwimmt was!« rief plötzlich einer mit halbunterdrückter, erschreckter Stimme. »Gerade von unten herauf!«

»Pst!« warnte der Offizier. »Leise! Ihr scheucht ihn fort! Wo?«

»Da kommt er, da kommt er!« kreischten aber drei oder vier Stimmen jetzt zu gleicher Zeit, und instinktiv griffen die Männer nach den Rudern.

»Zurück mit euch — zurück — um euer Leben!« schrie der Harpunier. Er sah, über Bord gebeugt, die hellgrüne riesige Gestalt blitzschnell aus der Tiefe herauftauchen und kannte die Gefahr, der sie ausgesetzt waren, wenn der Koloß ihr Boot so im Aufkommen treffen würde. Fast im selben Augenblick fielen die Ruder ins Wasser, und das Boot konnte kaum um seine eigene Länge den Platz geräumt haben, als der riesige abgestumpfte Kopf eines mächtigen Spermfisches, den langen schmalen Rachen halb geöffnet, an die Oberfläche tauchte. Mit einem gewaltigen Satz schoß er nach vorn, um dem fremden Gegenstand, dem Boot, zu entgehen.

Vorn im Boot und dicht über dem »Berg von Blubber«, der sich fast unter seinen Füßen aus der Flut hob, stand der Bootssteuerer mit gehobenem Eisen. Aber sein Arm zitterte, und noch im Bereich des furchtbaren Gegners, der sie mit einem Schlag zermalmen konnte, wagte er es nicht, die Harpune in den fliehenden Koloß zu schleudern.

»Wirf — wirf in drei Teufels Namen!« schrie Patrick, die Gefahr mißachtend und nur ihrer Jagd gedenkend. »Mensch, du läßt dir ja den Fisch unter den Händen weg!«

Noch zögerte der Bootssteuerer. Aber ließ er den günstigen Moment ungenützt vorbei, so war es fraglich, ob eine solche Chance bei dem jetzt scheugemachten Fisch je wiederkehrte.

Das Segel, von der Hand des Harpuniers rasch angezogen und gehalten, hatte schon den Wind gefaßt. Schäumend ließ er das Boot hinter dem flüchtenden Fisch dreinfliegen. Jetzt sauste auch die Harpune, von Patricks kräftiger Hand geschleudert, tief in den Rücken des Gegners und haftete in dem zähen Blubber. Im Nu war das Segel niedergenommen, waren die Ruder eingeworfen. Jetzt gab der Bootssteuerer, indem er zurücksprang und seinen Platz am Steuerruder einnahm, dem Harpunier Raum, die Lanze zu werfen und dem Leviathan der Tiefe den Todesstoß zu versetzen.

Die Leine, an der die Harpune saß, sauste durch die vorn auf dem Boot dafür angebrachte offene Klüse, und das Boot schoß blitzschnell hinter dem herüber und hinüber zuckenden Fisch drein. Patrick stand vorn im Boot, die Lanze zum Wurf gehoben, und die Männer holten mit Macht Leine ein, um ihr kleines Fahrzeug an den Gefangenen heranzuziehen.

Jetzt hatten sie ihn erreicht. Patrick bog sich zurück, und während der Schwanz des riesigen Tieres fast neben ihnen ins Wasser schlug und der Fisch sich hob, um der Gefahr zu entgehen, sauste der tödliche Stahl tief in die weiche Flanke des Feindes. Im Nu riß der Harpunier die Lanze zurück, um den Stoß zu wiederholen, als sich der Fisch in Schmerz und Todeswut rasch und plötzlich wandte, daß die See zischte und schäumte.

»Zurück!« schrie der Harpunier in gellendem Ton, und als sich der Bootssteuerer mit ganzem Gewicht in seinen Riemen warf und weit über das Boot hinauslehnte, um dessen Bug rasch herumzuwerfen, und bevor die Männer selbst ihre Ruder in die Dollen bringen konnten, kam der gereizte Wal mit offenem Rachen heran. Er faßte das Boot in der Mitte, preßte es mit seinen Kiefern zusammen und riß die dünnen Planken auseinander, als ob sie aus Papier gewesen wären.

Mit ruhiger, fester Hand schleuderte Patrick die Lanze in das Auge des Feindes, das er durchbohrte — aber das Boot konnte er damit nicht retten. Das wütende Tier fühlte im Todeskampf vielleicht nicht einmal die neue Wunde; dickes schwarzes Blut ausblasend, zermalmte es das Boot. Im nächsten Augenblick wirbelte die schäumende blutige Flut über eine Masse von Trümmern und Schwimmenden, die ein Brett zu fassen suchten.

Patrick selber hatte, fast unbewußt und krampfhaft, noch im Sturz die Leine gepackt, an der die Harpune saß. Sie schlang sich um seinen Arm und riß ihn fort, hinaus in freies Wasser und nach unten. Er wäre verloren gewesen, wenn der Fisch nur noch Sekunden länger am Leben geblieben wäre. Aber der erste Wurf hatte ihn zu sicher getroffen. Wieder nach oben kommend, schwamm das Tier ein paarmal im Kreis herum, peischte mit den riesigen Flossen die zitternden Wogen und trieb dann langsam und tot in der blutigen Flut.

Patrick, von dem getöteten Fisch ins Schlepptau genommen, zog sich rasch zu dem an der Oberfläche schwimmenden Koloß hin. Die dort noch steckende Harpune ergreifend, half er sich hinauf, als ein markerschütternder Schrei dicht hinter ihm ertönte. Erschrocken wandte er sich um. Nicht weit von ihm entfernt, erkannte er die dunklen Flossen zweier Haie. Sie schossen rasch und gierig herüber und hinüber, während das Gurgeln im Wasser dicht hinter ihm und das Peitschen der Wogen die Stelle verriet, wo einer seiner Kameraden in den erbarmungslosen Fängen einer dritten Bestie den Tod erlitt.

Da und dort trieben noch Überlebende aus dem zerschmetterten Boot, die sich entweder an dessen Reste geklammert oder einen Riemen gefaßt hatten, um sich über Wasser zu halten. Aber nur drei waren übrig von den kräftigen, lebensfrohen Gestalten, die noch wenige Minuten vorher der Gefahr ins Auge geschaut hatten. Jetzt wüteten die Hyänen der Tiefe unter ihnen. Was half der mit dem Arm nach ihnen geführte machtlose Schlag, was der gellende Aufschrei der Verzweiflung? Der blutige Schaum, der bald auf der Oberfläche des Meeres schwamm, war das Leichentuch der Unglücklichen und zeichnete ihr Grab.

»Das ist furchtbar!« stöhnte Patrick, der kaum noch Kraft hatte, sich auf dem schützenden Körper des Wals zu halten. Sein Auge suchte verzweifelt das rettende Schiff, das weit, weit von ihm ab am Horizont kreuzte, den anderen Booten folgend. Und wenn sie ihn auch vermißten und suchten, wenn sie das Boot mit dem Glas nicht mehr finden konnten und hier tagelang auf- und absegelten — was half es ihm? Nur Stunden, Minuten vielleicht waren ihm noch gegeben. Seine Henker jagten um ihn her.

Schaudernd barg Patrick das Gesicht in der Hand, um den Todeskampf der Kameraden nicht sehen zu müssen. Aber das Zischen und Schlagen des Wassers um ihn her zwang ihn zuletzt, mit dem Trieb der Selbsterhaltung, der sich bis zum letzten Augenblick auch an einen Strohhalm klammert, auf eigene Rettung zu sinnen oder sein Ende doch wenigstens so lange wie möglich hinauszuschieben.

Die Harpune im Rücken des Wals, die er, um ihr mehr Festigkeit zu geben, noch tiefer in den Blubber hineindrückte, bot ihm eine Stütze auf der schlüpfrigen, glatten Masse. Er bog den Stiel der Harpune, einen kurzen, harten Eichenstock von vielleicht zwei Zoll Durchmesser, heraus, befreite ihn mit dem kurzen Messer, das in seinem Gürtel hing, von der Leine und behielt noch Zeit, diese von der Harpune zu lösen und wieder daran zu befestigen. Indem er dann die Harpunenleine zum besseren Halt um seine linke Hand schlang, faßte er den kräftigen Stock und sah mit zusammengebissenen Zähnen und neuerwachtem Mut dem ersten Angriff des Feindes entgegen. Die Haie waren jedoch für den Augenblick gesättigt und spielten mehr in den Strömen des Blutes, die rings das Wasser färbten, als daß sie nach neuer Beute verlangten. In dem Blut selbst hatten sie auch keine Witterung mehr und schwammen nur faul und schläfrig hinter den treibenden Brettern und Riemen her.

Das Wetter war glücklicherweise still und ruhig, und nur der Ostpassat warf leichte Wellen, in deren Wogen der Fisch sich ebenfalls hob und senkte. Keiner der Haie war Patrick bis jetzt nahegekommen. Er hoffte schon, vielleicht unangegriffen seinen Platz behaupten zu können, bis das Schiff zu seiner Rettung herbeikäme oder wenigstens seine Boote schickte. Aber wo war das Schiff? Selbst auf die Entfernung hin konnte es dem Auge des Seemanns nicht verborgen bleiben, daß das Schiff noch immer von ihm abhielt, in den Wind hinein. Die anderen Boote waren ebenfalls festgekommen und, mit den toten Fischen längsseits, gar nicht in der Lage, nach ihm zu suchen. Es gab keine Aussicht auf Rettung.

Die Sonne brannte Patrick heiß und sengend auf den Scheitel, und die Zunge klebte ihm am Gaumen. Er kniete nieder und wusch sich Stirn und Schläfen, Augen und Lippen, um einige Kühlung in der Glut zu finden. Dann band er sich sein Taschentuch über den Kopf, um sich wenigstens etwas gegen die stechenden Strahlen zu schützen.

Durch diese Bewegung mußte aber einer der Fische auf ihn aufmerksam geworden sein, und er konnte, wenn auch gesättigt, doch die Gier nach neuer Beute nicht mäßigen. Als Patrick den Kopf hob, bemerkte er, daß eine der größten hoch aus dem Wasser ragenden dunklen Rückenflossen rasch auf ihn zugeschwommen kam. Er hatte kaum Zeit, sich emporzurichten und mit seinem Stock zum Schlag auszuholen, als ein tüchtiger Bursche von vielleicht dreizehn Fuß Länge herangeschossen kam und sich mit einer Woge halb auf den Rücken des Wals drehen wollte.

Den schweren Harpunenstock in der Rechten und mit der Linken das Tau immer noch gefaßt, um seinen festen Stand zu bewahren, traf Patrick den Kopf des Untiers mit so kräftigem, gut gezieltem Schlag, daß der Hai halb betäubt von dem Fisch abglitt und wegsank.

Aber das Geräusch, das Plätschern und Schlagen hatte andere Haie herbeigelockt. Sie umschwammen den Ort, wo Patrick stand, in immer engeren Kreisen. Ein paarmal kamen sie so nahe, daß er sie mit dem starken Ende des Holzes kräftig über die Kiemen schlagen konnte. Aber der Hai ist ein gierigverstocktes Vieh und kehrt, wenn auch schwer verwundet, immer wieder zu einer einmal gewitterten Beute zurück, solange er noch die Kraft dazu in sich fühlt. So war es auch hier. Wieder und wieder mußte sie das schwere Holz belehren, daß hier noch nichts für sie zu holen war. Der junge Ire fühlte sich noch stark genug, gegen Hunger und Durst, gegen den sengenden Sonnenstrahl und die stete furchtbare Anstrengung seiner Nerven in der ihn umgebenden Gefahr anzukämpfen.

Und das Schiff? Tiefer und tiefer sank die Sonne, und weit und windwärts noch lag das Schiff mit seinen hellschimmernden Segeln. Gieriger aber wurden die ihn umschwimmenden Bestien, die vergebens ihre Fänge in die zähe Haut des Spermfisches einzuschlagen suchten. Als dann die Sterne sich im Osten entzündeten und nach und nach über den ganzen Himmel flammten, sah Patrick die glühenden Strahlen in der phosphoreszierenden Flut herüber und hinüber streichen, wie die Fische zu und abwärts schwammen und ihn in immer engeren Kreisen umzogen. Die Gefahr für ihn wuchs mit der Nacht.

Wohl erkannte er die für ihn ausgehängten Laternen seines Schiffes, und er sah, als es völlig dunkelte, den hellen Feuerschein der Blubberlampe und auch das matte Licht, das von den Kochöfen der Transieder ausging und in den aufgegeiten Segeln seinen Widerschein fand. Aber was half das ihm? Wie durfte er hoffen, von dem Schiff aus in dunkler Nacht gesehen und gerettet zu werden? Und würden seine Kräfte bis zum nächsten Morgen das ertragen können? Er war kaum noch imstande, sich auf den Füßen zu halten, und suchte kurze Erholung wenigstens darin, daß er minutenlang, oder solange ihn die immer wieder näherkommenden Fische in Ruhe ließen, auf seinem wunderlichen Floß kniete. Einmal versuchte er sogar, sich, wenn auch im Wasser, der Länge nach auszustrecken. Vergebliche Hoffnung! Seine Peiniger ließen ihn nicht ruhen, und die Gefahr war zu groß, von ihnen überrascht, gefaßt und seinem Tod entgegengerissen zu werden. Der kleinste der Burschen, ein junger Fisch von kaum mehr als acht Fuß Länge, packte sogar einmal die Harpune selbst, hinter die er getreten war, und hielt sie lange genug, um von der zurückweichenden Welle halb trocken auf dem Spermfisch gelassen zu werden. Da traf ihn aber Patricks Harpunenstiel dermaßen über den tückisch drohenden Schädel, daß er betäubt von dem schlüpfrigen Wal zurückglitt, den weißen Bauch nach oben drehte und versank. Aber andere nahmen seinen Platz ein und nur der Glutstreif, den sie im dunklen Wasser zogen, verriet ihr Nahen.

Stunde um Stunde verging so in dem Ringen um sein Leben; aber neue Hoffnung erwachte in ihm, als das Schiff jetzt näher und näher kam und ein abgefeuerter Schuß hell und klar zu ihm herübertönte. Jetzt konnte er schon das Deck erkennen, ja die Gestalten sogar, die sich im Licht hin und her bewegten. »Ahoi! Oh, ahoi!« tönte sein wilder, verzweifelter Schrei hinüber zu den Kameraden, die, ohne ihn zu bemerken, an ihm vorübertreiben wollten. »Ahoi!

Wieder galt es, sein Leben zu verteidigen, denn die Fische, von dem Ruf der menschlichen Stimme angelockt, kamen von allen Seiten herbei. Da und dorthin traf sein Schlag, das Ende des zähen Holzes war schon zersplittert von den verzweifelten Streichen — Streiche, die einen Stier betäubt haben würden und bei den Haien nur selten mehr Wirkung ausübten, als sie auf kurze Zeit zurückzutreiben.

Das Schiff trieb fast in Rufnähe. Wieder schmetterte ein Kanonenschuß zu ihm herüber, erneut sandte er seinen gellenden Hilferuf dorthin. Aber der Wind kam von dort herüber; so gut er den Schall des Geschützes hörte, so wenig vermochte sein eigener Ruf hinzudringen. Nur die Feinde um ihn her machte er rege und gierig, und ihre Angriffe wurden häufiger.

Was die Hoffnung auf Rettung bis dahin wachgehalten, seine Kraft, sein Mut, sie schwanden, als er das Schiff vorbeitreiben sah. Nur der krampfhafte, fast unbewußte Selbsterhaltungstrieb war der Grund, daß er sich gegen den Angriff der gierigen Bestien bis zum letzten Atemzug verteidigte.

So schwand die Nacht — das Kreuz des Südens drehte sich langsam, langsam am Himmel nach Westen, und hinten im fernen Osten dämmerte der Tag. Patrick sah das noch, erkannte, wie die Sonne dem Meer entstieg, erkannte wieder die Umrisse seines Schiffes, die schlanken Masten und die aufgegeiten Segel. Das Letzte wollte er noch versuchen, um sein Dasein zu verkünden: er versuchte, das Hemd auszuziehen und es zu schwenken, für den Ausguck im Mast ein deutliches Zeichen — aber er vermochte es nicht mehr. Seine Glieder waren starr und steif, selbst die Stimme versagte ihm den Dienst und schwand bis auf ein leises Röcheln. Seine Augen brannten, der Kopf wirbelte ihm. Da blitzte in ihm eine neue, wilde Idee auf. Sie schien alles andere, jeden Gedanken an Hilfe oder Rettung, jede Hoffnung zu verdrängen.

Er fing an, unter den ihn noch immer rastlos umschwimmenden Haien sich den einen auszusuchen, auf den er sich werfen und den er mit dem scharfen kurzen Messer zugleich mit sich vernichten wollte. Wieder und wieder hatte ihn der bedrängt und ihm nicht Ruhe noch Rast gelassen, der gierigste unter der gierigen Schar, und Rache wollte Patrick an ihm nehmen.

Aber die Kräfte verließen ihn, die furchtbare Aufregung seines Geistes und Körpers drohte ihn zu überwältigen. Während die Haie seit Tagesanbruch, wenn sie auch den getöteten Wal nicht verließen, doch keinen direkten Angriff mehr auf den Mann unternahmen, der ihnen ja doch bald zur Beute fallen mußte, war er in die Knie gesunken und folgte halb bewußtlos nur mit den Blicken den dunklen, drohenden Flossen. Das Schiff hatte er ganz vergessen.

Das laut herübergerufene »Hallo!« des rettenden Bootes weckte ihn aus seiner Betäubung. Er sah zwar das Boot, aber er schien kaum zu begreifen, was es wollte und wo er sich eigentlich befand. Er war totenbleich und brachte keinen Laut über die Lippen, sein Blick schweifte wild und stier über die Kameraden hin, als ob er sie nicht mehr kenne. Wie mechanisch richtete er sich auf, um in das Boot zu steigen, von anderen Armen unterstützt, von freundlichen, herzlichen, ermutigenden Worten begrüßt, brach aber, sobald er die festen Planken unter sich fühlte, ohnmächtig zusammen.

Drei von den Haien, die sich die schon sicher erhoffte Beute nicht so leicht wieder entreißen lassen wollten, folgten dem Boot. Sie wurden von dem Harpunier einzeln mit der Lanze geworfen und erlegt.

Der Haifisch

Unser Schiff lag vor der Küste Afrikas vor Anker. Es war ein herrlicher Tag, vom Meer wehte eine frische Brise. Gegen Abend jedoch schlug das Wetter um; es wurde schwül, und wie aus einem gutgeheizten Ofen kam heiße Luft aus der Wüste Sahara über uns.

Vor Sonnenuntergang erschien der Kapitän an Deck und schrie: »Baden!« — und kurz darauf sprangen die Matrosen schon ins Wasser, ließen ein Segeltuch herunter, banden es fest und machten so ein Schwimmbecken aus dem Segeltuch.

Wir hatten zwei Jungen mit uns auf dem Schiff. Sie sprangen als erste ins Wasser, doch ihnen war es zu eng im Segeltuch, und so beschlossen sie, ein Wettschwimmen im offenen Meer zu veranstalten.

Wie Eidechsen streckten sich beide im Wasser und schwammen mit aller Kraft zu der Stelle, wo der Anker an einem Faß befestigt war.

Der eine Junge überholte zuerst seinen Kameraden, fiel jedoch schon bald wieder zurück. Der Vater dieses Knaben, ein alter Artillerist, stand an Deck und beobachtete vergnügt seinen Sohn. Als der Sohn zurückfiel, schrie ihm der Vater zu:

»Los, los, streng dich an!«

Plötzlich rief jemand auf Deck: »Ein Haifisch!«, und wir alle sahen im Wasser den Rücken des Seeungeheuers.

Der Hai schwamm direkt auf die Knaben zu.

»Zurück, zurück! Schwimmt zurück! Ein Hai!« schrie der Artillerist. Doch die Knaben hörten ihn nicht, sie schwammen weiter und lachten und schrien noch fröhlicher und lauter als zuvor.

Der Artillerist, weiß wie eine Wand, blickte starr auf die Kinder.

Die Matrosen ließen das Boot herunter, sprangen hinein, legten sich in die Riemen und ruderten mit aller Kraft zu den Knaben, doch sie waren noch viel zu weit von ihnen entfernt, während der Haifisch sich ihnen schon auf fast zwanzig Schritte genähert hatte.

Die Knaben hatten die Rufe erst nicht gehört und auch den Haifisch nicht gesehen – aber dann wandte sich einer von ihnen um; wir hörten einen gellenden Schrei, und die Knaben schwammen in verschiedene Richtungen davon.
Dieser Schrei schien den Artilleristen aus seiner Betäubung zu wecken. Abrupt verließ er seinen Beobachtungsposten und rannte zu den Kanonen. Entschlossen drehte er das Rohr, hielt die Kanone, zielte und zündete die Lunte an.
Wir alle auf dem Schiff hielten den Atem an und warteten, was nun kommen würde.
Der Schuß krachte, und wir sahen, daß der Artillerist sich neben der Kanone zu Boden fallen ließ und das Gesicht mit den Händen bedeckte. Was mit dem Hai und den Knaben geschehen war, konnten wir nicht sehen, da der Rauch uns für einige Augenblicke die Sicht nahm.
Endlich zerfloß der Rauch über dem Wasser. Leises Geflüster, das immer stärker wurde – dann erklang von allen Seiten lautes, fröhliches Geschrei!
Der alte Artillerist nahm die Hände vom Gesicht, erhob sich und blickte aufs Meer.
Auf den Wellen schaukelte der gelbe Bauch des toten Haifisches. Kurz darauf erreichte das Boot die Knaben und brachte sie unversehrt zum Schiff zurück.

FRANCIS BRET HARTE

Hochwasser

Bei Ebbe wurde die endlose Trostlosigkeit des Dedlow-Moors erst richtig offenbar. Seine schwammige, tiefliegende Oberfläche, die trägen, dunklen Tümpel und die gewundenen sumpfigen Flußläufe, die sich wie Aale auf ihrem schlüpfrigen Weg zur offenen Bucht schlängelten – all das war rauhe Wirklichkeit. Auch die wenigen grünen Grasbüschel mit ihren spärlichen Halmen, ihrem zwittrigen Geruch und ihrer unangenehmen Klebrigkeit waren wirklich. Und wenn man die Phantasie schweifen lassen will – die flache Eintönigkeit des Dedlow-Moors war allerdings nicht sehr anregend –: die wellige Linie verstreuten Treibgutes schuf ein unbehagliches Gefühl, rief die abgeflossenen Wasser ins Gedächtnis und weckte düstere Gedanken über das mit tödlicher Sicherheit wiederkehrende Hochwasser, die kein Sonnenschein zu vertreiben vermochte. Wie ein Druck schien diese Vorstellung auf dem grüneren Wiesenland zu lasten, das sich nicht mühte zu gedeihen, bis das Werk der Urbarmachung des Landes nicht vollendet war. In der bitteren Frucht der niedrigen Preiselbeersträucher lag ahnungsweise Süße, durch die regelmäßige Wiederkehr von zuviel ungehemmt rinnendem kalten Wasser erstarrt und sauer geworden.

Auch die Stimmen des Dedlow-Moors waren melancholisch und bedrückend. Der Grabesschrei der Rohrdommel, das Kreischen des Brachvogels, die Schreie der vorüberfliegenden Wildgänse, das Gezänk der streitsüchtigen Krickenten, der scharfe, klagende Protest des aufgeschreckten Kranichs und die abgehackte Klage des Regenpfeifers entzogen sich der Macht des Wortes. Und einen heiteren, munteren Anblick boten diese traurigen Vögel ebenfalls nicht – der blaue Reiher nicht, der bis zu halber Beinhöhe im Wasser stand und aussah, als hole er sich bewußt, gleichgültig gegen seine nassen Füße, eine Erkältung; auch nicht der düstere Brachvogel, der niedergeschlagene Regenpfeifer oder die verzagte Sumpfschnepfe, willige Gefährtin bei einem von selbstmörderischen Vorstellungen erfüllten Grübeln, nicht der leidenschaftslose Eisfischer – ein ornithologischer Marius —, der prüfend über diese weite Öde schaute, noch der schwarze Rabe, der ständig über den Moorboden hin und her lief und sich doch offenbar nicht entscheiden konnte, ob das Wasser abgelaufen war, bedrückt, weil er trotz so vieler Mühe keine endgültige Antwort würde geben können. Im Gegenteil, ein Blick erhellte, daß sich die öde Weite des Dedlow-Moores bedrückend auf die Vögel auswirkte; daß die ausgewachsenen der Wanderzeit mit Erleichterung und Befriedigung entgegensahen und die jungen mit überspannter Erwartung. Freudlos bei Ebbe war das Dedlow-Moor, doch muß man es bei Flut gesehen haben — wenn klamme Luft frostig über die kalte, glänzende Weite blies und wie eine zweite Flut auf die Gesichter derer stieß, die seewärts blickten; wenn die flachen Mulden und die gewundenen Linien der Nebenarme sich stählern schimmernd offenbarten; wenn die großen, muschelverkrusteten Stämme gestürzter Bäume sich wieder hoben und sich auf ihre trostlose, planlose Reise machten, hierhin und dahin trieben, bei sinkender Flut oder der Neige des Tages dem Ziel dennoch nicht näher als der verfluchte Jude in der Legende; wenn die glänzenden Enten sich leise schaukelten und die schimmernde Oberfläche nicht kräuselten noch furchten; wenn mit der Flut der Nebel kam und das Blau hoch oben verdeckte, wie er das Grün unten auch bereits verwischte; wenn Bootsleute, im Nebel verloren, hoffnungslos umherpaddelten, verstört von einem Kratzen am Kiel ihres Boots, das sich wie der Finger eines Tritons anhörte, oder vor Grasbüscheln zurückschraken, die wie das treibende Haar einer Leiche ringsum auftauchten, und an diesen Anzeichen erkannten, daß sie sich auf dem Dedlow-Moor verirrt hatten und eine Nacht — eine düstere Nacht — darauf zubringen mußten —, dann weiß man vielleicht ein wenig übers Dedlow-Moor bei Hochwasser.

Dies Bild vor Augen, will ich eine Geschichte erzählen, die mir bei meinen langen Jagdausflügen auf dem Dedlow-Moor stets wieder ins Gedächtnis kam. In der Bezirkszeitung wurde zwar damals über das Ereignis kurz berichtet, ich aber habe die Geschichte in all ihren ausdrucksvollen Einzelheiten aus dem Munde des Hauptbeteiligten erfahren. Die wechselnde Betonung und die besondere Färbung durch die weibliche Art der Darstellung — denn eine Frau hat sie mir erzählt — werde ich kaum treffen, aber ich will versuchen, die Geschichte wenigstens in ihrem Kern wiederzugeben.

Sie lebte auf halbem Weg zwischen dem sumpfigen Schmutzloch des Dedlow-Moors und einem mittelgroßen Fluß, der sich sechs Kilometer weiter in eine vom Pazifischen Ozean geformte Mündung ergoß, auf der langen, sandigen Halbinsel, die die südwestliche Grenze einer schönen Bucht bildet. Das Haus, in dem sie wohnte, war eine kleine Blockhütte, die sich, auf dikken Pfählen ruhend, einen knappen Meter über das Moor erhob und etwa fünf Kilometer von den Siedlungen am Fluß entfernt lag. Ihr Mann war Holzfäller — das war ein einträgliches Geschäft in einem Bezirk, in dem die meisten Menschen mit der Herstellung von Nutzholz befaßt waren.
Der Frühling war gerade angebrochen, als sich ihr Mann beim Kentern des Hochwassers mit einem Floß aus Stämmen aufmachte, um diese auf die übliche Weise zum unteren Ende der Bucht zu transportieren. Als die Männer aufbrachen und sie in der Tür der kleinen Hütte stand, fiel ihr eine kalte Blässe am südöstlichen Himmel auf, und sie erinnerte sich, daß ihr Mann zu seinen Kameraden gesagt hatte, sie müßten versuchen, ihre Fahrt hinter sich zu bringen, bevor der Sturmwind aufkam, der sich im Südwesten zusammenbraute. In dieser Nacht begann es heftiger zu blasen und zu stürmen, als sie es je erlebt hatte; ein paar große Bäume in dem Wald am Fluß stürzten um, und das Haus schaukelte wie die Wiege ihres Kindes.
Aber sollte der Sturm ruhig um die kleine Hütte toben, einer, dem sie vertraute, hatte ja mit eigener starker Hand Balken und Riegel gezimmert, und hätte er um sie fürchten müssen, so hätte er sie nicht allein gelassen. Das und ihre häuslichen Pflichten und die Sorge um ihr kränkelndes kleines Kind halfen ihr, daß sie nicht weiter über das Wetter nachgrübelte, wenn sie auch natürlich hie und da hoffnungsvoll überlegte, ob er wohl mit den Stämmen heil dort oben in Utopia angekommen war. Doch als sie an diesem Tag hinausging, die Hühner zu füttern und nach den Kühen zu schauen, bemerkte sie, daß die Flut schon bis zu dem kleinen Zaun ihres Gartens hinaufreichte, und das Brüllen der Brandung am Südstrand, obgleich meilenweit entfernt, konnte sie deutlich hören. Und der Gedanke kam ihr, daß sie gern jemand gehabt hätte, mit dem sie über all das hätte reden können. Und wenn der Weg nicht so weit und der Sturm so stark und der Pfad so ungangbar gewesen wäre, so hätte sie das Kind nehmen und zu Ryckmans, ihren nächsten Nachbarn, hinübergehen können. Aber was,

wenn er nun gerade dann im Sturm nach Hause kam, ganz durchnäßt, und niemand war da, der nach ihm schaute – und außerdem war's eine zu große Belastung für das Kind mit seinem entzündeten Hals.
Aber in dieser Nacht – sie wußte gar nicht, warum – war ihr gar nicht nach Schlafen, nicht einmal nach Hinlegen. Der Sturm hatte etwas nachgelassen, doch sie »saß und saß« immer noch und versuchte sogar zu lesen. Ich weiß nicht, ob's die Bibel war oder irgendeine weltliche Zeitschrift, was diese arme Frau las, wahrscheinlich das letztere, denn die Worte liefen alle ineinander, und dabei kam solch ein trauriger Unsinn heraus, daß sie es schließlich weglegen mußte und sich dem »Büchlein« vor ihr in der Wiege, das ihr mehr am Herzen lag und dessen erstes Blatt noch unbeschrieben war, zuwandte und versuchte, in Gedanken in seine geheimnisvolle Zukunft zu sehen. Während sie so die Wiege hin- und herbewegte, dachte sie an dies und das und war noch genauso hellwach wie zuvor.
Es war fast Mitternacht, als sie sich endlich angekleidet niederlegte. Wie lange sie geschlafen hatte, wußte sie später nicht mehr, doch sie wachte mit einem schrecklichen, erstickenden Gefühl im Hals auf und merkte, daß sie, am ganzen Körper zitternd, mitten im Zimmer stand, das Kind an die Brust gepreßt, und »irgend etwas redete«. Das Kind schrie und wimmerte, und sie ging hin und her und machte »scht«, da hörte sie ein Kratzen an der Tür. Sie öffnete ängstlich und war froh, als sie sah, daß es nur der alte Pete war, ihr Hund, der wassertriefend ins Zimmer kroch. Sie hätte gern einen Blick nach draußen geworfen, nicht in der schwachen Hoffnung, daß ihr Mann kam, sondern nur, um zu sehen, wie es ausschaute, doch der Wind rüttelte so wild an der Tür, daß sie sie kaum halten konnte. Dann setzte sie sich für eine Weile hin, und dann legte sie sich wieder eine Weile nieder. Als sie eng an die Wand der kleinen Hütte gepreßt dalag, glaubte sie einzweimal etwas langsam über die Schindeln kratzen zu hören, wie das Schaben von Zweigen. Dann gab es einen kleinen gurgelnden Laut, »wie das Kind, wenn es schluckt«, dann machte etwas »klick-klick« und »kluck-kluck«, und sie setzte sich im Bett auf. Dabei fiel ihr etwas anderes auf, das von der Hintertür zur Mitte des Zimmers zu kriechen schien. Es war nicht breiter als ihr kleiner Finger, doch bald schwoll es zu der Größe ihrer Hand an und begann sich über den ganzen Fußboden zu verbreiten. Es war Wasser.

Sie rannte zur Vordertür und stieß sie weit auf und sah nichts als Wasser. Sie lief zurück zur Hintertür und stieß sie auf und sah nichts als Wasser. Sie lief zum Seitenfenster, und als sie es aufstieß, sah sie nichts als Wasser. Dann fiel ihr ein, daß ihr Mann einmal gesagt hatte, bei Flut sei keine Gefahr, denn sie fiele regelmäßig, und man könne sich darauf verlassen, und daß er lieber nahe bei der Bucht als am Fluß wohnen würde, der jederzeit über seine Ufer treten könne. Aber war es denn die Flut? Sie lief wieder zur Hintertür und warf ein Holzscheit hinaus. Es trieb in Richtung auf die Bucht davon. Sie schöpfte etwas Wasser auf und hielt es eilig an die Lippen. Es war kühl und süß. Es war der Fluß, nicht die Flut!

Und da war es so — ach, Gott sei gelobt für Seine Güte! —, daß keine Ohnmacht sie überkam, und es war so — gelobt sei der Erlöser, denn Seine barmherzige Hand war's, die sie in diesem grauenvollen Augenblick berührte und ihr Kraft gab —, daß die Furcht von ihr abfiel wie ein Kleid und das Zittern aufhörte. Da und danach war es so, daß sie keine Minute ihre Selbstbeherrschung verlor, in all den Prüfungen dieser finsteren Nacht nicht.

Sie zog das Bett zur Mitte des Zimmers und stellte einen Tisch darauf, und auf diesen stellte sie die Wiege. Das Wasser auf dem Fußboden reichte schon bis zu ihren Knöcheln, und ein- oder zweimal bewegte sich das Haus so merklich und schien so ins Wanken gebracht, daß die Schranktüren alle aufflogen. Dann hörte sie wieder das gleiche Scharren und Pochen an der Wand, und als sie hinausschaute, sah sie, daß ein großer entwurzelter Baum, der am oberen Ende der Wiese nah beim Weg gelegen hatte, zum Haus heruntergeschwemmt worden war. Zum Glück schleiften seine langen Wurzeln am Boden, wodurch er sich nicht so schnell bewegen konnte wie die Strömung, denn wenn er mit voller Wucht auf das Haus gestoßen wäre, so hätten selbst die starken Nägel und Riegel an den Balken dem Anprall nicht widerstanden. Der Hund war auf den knorrigen Baum gesprungen und hatte sich, zitternd und winselnd, bei den Wurzeln hingehockt. Ein Hoffnungsstrahl blitzte ihr durch den Sinn. Sie nahm eine schwere Decke vom Bett, wickelte sie um das Kind und watete in dem Wasser, das immer tiefer wurde, zur Tür. Als der Baum sich wieder drehte und mit seiner Breitseite an die Hütte stieß, daß sie knirschte und schwankte, sprang sie auf den Stamm. Mit Gottes Hilfe gelang es ihr, auf der schlüpfrigen Oberfläche Fuß zu fassen; einen Arm schlang sie um seine Wurzeln, mit dem anderen hielt sie ihr wimmerndes Kind. Dann krachte etwas bei der Veranda, und die ganze Front des Hauses, das sie gerade verlassen hatte, fiel nach vorn – wie die Kühe, wenn sie, bevor sie sich niederlegen, auf die Knie fallen –, und im selben Augenblick schwang der große Rote Sandholzbaum herum und trieb mit seiner lebenden Fracht davon in die schwarze Nacht.

Trotz all der Aufregung und Gefahr, trotz all ihrer Mühe, das weinende Kind zu beruhigen, trotz all dem Pfeifen des Windes, trotz all der Ungewißheit ihrer Lage drehte sie sich doch noch einmal um und schaute zu der verlassenen, überschwemmten Hütte hinüber. Und sie dachte tatsächlich – das wußte sie noch, und wie albern war es doch, in einem solchen Augenblick an so etwas zu denken –, hätte ich nur ein anderes Kleid und dem Kind seine besten Sachen angezogen, und sie betete dauernd, daß das Haus verschont bleiben möge, damit ihr, wenn sie zurückkam, etwas geblieben und nicht alles so verwüstet wäre, und – wie wird er bloß je erfahren, was aus mir und dem Kind geworden ist? Bei dem Gedanken wurde ihr übel und schwach. Aber sie hatte noch anderes zu tun als Grübeln, denn immer, wenn die langen Wurzeln ihrer Arche auf ein Hindernis stießen, drehte sich der ganze Stamm halb um, und zweimal tauchte er sie ins schwarze Wasser. Der Hund, der sie ganz verrückt machte, indem er ständig heulend den Stamm auf und nieder lief, fiel bei einem solchen Zusammenstoß herunter. Eine Zeitlang schwamm er neben ihr her, und sie versuchte, das arme Tier auf den Baum zu ziehen, aber er »stellte sich dumm an« und wurde wild, und schließlich verlor sie ihn für immer aus den Augen. Dann waren sie und ihr Kind allein. Das Licht, das noch ein paar Minuten lang in der verlassenen Hütte gebrannt hatte, erlosch plötzlich. Nun hätte sie nicht mehr sagen können, ob sie trieben. Weiter vorn zeichneten sich schwach die weißen Dünen der Halbinsel ab, und sie kam zu dem Schluß, daß der Baum sich wohl längs des Flusses bewegte. Jetzt mußte Stillwasser sein, und sie hatte wahrscheinlich den Strudel erreicht, der durch das Zusammenfließen der Flut mit der Überschwemmung vom Fluß zustandekam. Wenn die Flut nicht bald fiel, dann lief sie Gefahr, in diesen Strom zu geraten und ins Meer hinausgetragen oder vom Treibgut zerdrückt zu werden. Wenn ihr das erspart blieb, konnte sie, falls der Ebbestrom sie zur Bucht trug, hoffen, auf eins der bewaldeten Vorgebirge der Halbinsel zu stoßen und dort bis Tagesanbruch liegenzubleiben. Manchmal glaubte sie Stimmen und Rufe vom Fluß zu hören und das Muhen von Kühen und das Blöken von Schafen. Aber dann war's wieder nur das Sausen in ihren Ohren und das Klopfen ihres Herzens. Ungefähr zu dem Zeitpunkt merkte sie, daß sie in ihrer verkrampften Haltung so kalt und steif geworden war, daß sie sich kaum bewegen konnte, und das Kind schrie derart, als sie es an ihre Brust legte, daß sie merkte, die Milch wollte nicht kommen, und darüber erschrak sie so, daß sie den Kopf unter ihren Schal steckte und zum ersten Mal in Tränen ausbrach.

Als sie den Kopf wieder hob, lag das Brausen der Brandung hinter ihr, und sie wußte, daß ihre Arche abermals eine Schwenkung gemacht hatte. Sie schöpfte etwas Wasser, um ihre ausgedörrte Kehle zu erfrischen, und stellte fest, daß es so salzig war wie ihre Tränen. Doch darüber war sie erleichtert, denn es bedeutete, daß sie mit der Flut trieb. Und dann kam der Augenblick, da der Wind sich legte und das große, schreckliche Schweigen auf sie drückte. Kaum eine Welle schlug gegen die gefurchten Seiten des Stammes, auf dem sie saß, und um sie war alles schwarze Düsternis und Stille. Sie sprach zum Kind, bloß um sich selbst sprechen zu hören, und um zu wissen, daß sie ihre Stimme nicht verloren hatte. Und sie dachte – es war sonderbar, aber sie konnte nicht anders –, wie furchtbar die Nacht gewesen sein mußte, als das große Schiff auf den Gipfel in Asien aufgefahren war und die Laute der Schöpfung in der Welt ausgelöscht wurden. Sie dachte auch an Seeleute, die sich an Masten klammerten, und an arme Frauen, die an Balken festgezurrt waren und von der grausamen See totgeschlagen wurden. Sie versuchte, Gott zu danken, daß ihr das erspart geblieben war, und hob den Blick vom Kind, das in einen unruhigen Schlaf gefallen war. Plötzlich tauchte da unten im Süden ein großes Licht aus der Finsternis auf und blitzte und flackerte und flackerte und blitzte wieder. Ihr Herz flatterte an der kalten Wange des Kindes. Das war der Leuchtturm an der Einfahrt zur Bucht. Als sie noch darüber nachsann, rollte der Baum auf einmal ein wenig, schob sich ein wenig und schien dann still und fest zu liegen. Sie streckte die Hand aus, und die Strömung gurgelte dagegen. Der Baum lag auf Grund, und zwar, nach der Position des Lichtes und dem Geräusch der Brandung, auf Grund im Dedlow-Moor.

Wäre nicht das kranke Kind gewesen mit seiner Halsentzündung und wäre nicht ihre empfindliche weibliche Quelle versiegt, so hätte sie sich sicher gefühlt und erleichtert. Vielleicht war es das, weshalb ihr alles so traurig und trübe vorkam. Als die Flut rasch sank, umflatterte sie, kreischend und schreiend, ein großer Schwarm schwarzer Wildgänse. Dann flogen Regenpfeifer auf und pfiffen traurig, während sie um den Stamm kreisten, auf dem sie sich schließlich furchtlos niederließen wie eine graue Wolke. Dann flog ein Reiher mit empörtem Geschrei über sie hinweg und um sie herum und ließ seine dünnen Beine nur wenige Meter von ihr entfernt herab. Doch am seltsamsten war ein hübscher weißer Vogel, größer als eine Taube – wie ein Pelikan, aber doch kein Pelikan –, der immerfort um sie kreiste. Schließlich ließ er sich auf einer kleinen Wurzel des Baumes nieder, gleich über ihrer Schulter. Sie streckte die Hand aus und streichelte seinen schönen weißen Hals, und er rührte sich nicht. Er blieb dort so lange sitzen, daß sie schon das Kind hochnehmen und ihm den Vogel zeigen wollte. Aber als sie das versuchte, war das Kind so durchfroren und kalt und sah so blau aus unter den kleinen Wimpern, die es gar nicht heben wollte, daß sie laut aufschrie. Da flog der Vogel weg, und sie wurde ohnmächtig.

Und das war dann von allem das Schlimmste, wenn's auch vielleicht im Ganzen nicht so schlimm war, außer eben für sie selbst. Denn als sie wieder zu sich kam, schien helle Sonne, und es war ruhiges Niedrigwasser. Da war ein wirres Geräusch von kehligen Stimmen und eine alte Squaw, die ein indianisches »Eiapopeia« sang und sich hin und her wiegte vor einem Feuer, das auf dem Moor angezündet war und vor dem sie, die gerade erwachte Frau und Mutter, schwach und schlaff lag. Ihr erster Gedanke galt dem Kind, und sie wollte schon etwas sagen, als eine junge Squaw, die selbst eine Mutter sein mußte, ihren Gedanken erriet und ihr die kleine »Mowitsch« brachte – blaß, aber lebendig und in einer so sonderbaren kleinen Weidenwiege eingebunden, genau wie das Kleine der Squaw, daß sie gleichzeitig lachte und weinte, und die junge Squaw und die alte Squaw zeigten ihre großen weißen Zähne und funkelten mit ihren schwarzen Augen und sagten: »Geht viel gut, skeena Mowitsch«, »wagee Mann kommen viel bald«, und sie hätte vor Freude ihre braunen Gesichter küssen mögen. Und dann fand sie heraus, daß die Squaws mit ihren seltsamen, komischen Körben Beeren auf dem Moor gesammelt hatten, und sie hatten ihren Rock von weitem an dem Baum flattern sehen, und die alte Squaw hatte der Versuchung, ein neues Kleid zu ergattern, nicht widerstehen können und war hingegangen, wo sie die »wagee« Frau und das Kind entdeckt hatte. Natürlich gab sie der alten Squaw das Kleid gleich, wie man sich denken kann, und als er dann endlich kam und zu ihr hinstürzte und vor Angst zehn Jahre älter aussah, da war ihr wieder so schwach zumute, daß sie sie zum Kanu tragen mußten. Denn man muß wissen, daß er nichts von der Überflutung gewußt hatte, bis er in Utopia die Indianer traf und nach allen Anzeichen darauf kam, daß die arme Frau sein Weib war. Und bei der nächsten Flut nahm er den Baum ins Schlepptau mit nach Hause, obwohl's die Mühe eigentlich nicht wert war, und baute ein neues Haus, wobei er den alten Baum für den Unterbau und für die Stützen verwendete, und nannte es nach ihr »Marys Arche«. Aber, wie man sich denken kann, wurde das neue Haus oberhalb des Hochwasserpegels gebaut. Und das ist alles.

Nicht viel vielleicht, wenn man den feindseligen Charakter des Dedlow-Moores bedenkt. Aber man muß einmal bei Niedrigwasser darüber wandern oder bei Hochwasser darüber paddeln oder sich ein-zweimal bei Nebel darin verirren, wie es mir passiert ist, um Marys Abenteuer richtig zu sehen oder um richtig zu erkennen, welchen Segen ein Leben über dem Hochwasserpegel bedeutet.

Der Malstrom

Die Wege Gottes in der Natur wie in der Vorsehung sind nicht unsere Wege, noch entsprechen die Vorbilder, die wir uns schaffen, auch nur entfernt der Unermeßlichkeit, Tiefgründigkeit und Unerforschlichkeit Seiner Werke, die eine Tiefe in sich haben, größer als der Brunnen des Demokritos.
Joseph Glanvill

Wir hatten nun den Gipfel der höchsten Klippe erreicht. Eine Zeitlang schien der alte Mann zu erschöpft, um sprechen zu können.

»Es ist nicht lange her«, sagte er schließlich, »da hätte ich Sie diesen Weg ebenso gut hinaufführen können wie der jüngste meiner Söhne, aber vor etwa drei Jahren ist mir etwas zugestoßen, wie es nie zuvor ein Sterblicher erlebt hat — oder zumindest überlebt, so daß er davon erzählen konnte —, und die sechs Stunden voll Todesangst, die ich damals durchmachte, haben mich an Leib und Seele gebrochen. Sie halten mich für einen sehr alten Mann — aber das bin ich nicht. Weniger als ein einziger Tag war nötig, um dies pechschwarze Haar weiß zu machen, meine Glieder zu schwächen und meine Nerven so zu zerrütten, daß ich bei der geringsten Anstrengung zittere und vor einem Schatten erschrecke. Wissen Sie, daß ich kaum über diese kleine Klippe schauen kann, ohne schwindlig zu werden?«

Die »kleine Klippe«, an deren Rand er sich so sorglos zum Rasten niedergeworfen hatte, daß der schwerere Teil seines Körpers darüber hinaus hing und nur sein an ihrer äußersten und glitschigsten Kante aufgestützter Ellenbogen ihn vor dem Abstürzen bewahrte — diese »kleine Klippe«, ein steiler, glatter Felsabhang aus schwarzem, glänzendem Gestein, erhob sich knapp fünfhundert Meter aus der Klippenlandschaft unter uns. Um keinen Preis der Welt hätte ich mich näher als ein halbes Dutzend Meter an ihren Rand herangewagt. Um die Wahrheit zu sagen, regte mich die gefährliche Lage meines Gefährten derart auf, daß ich mich der Länge nach zu Boden fallen ließ, mich an das Gesträuch ringsum klammerte und nicht einmal wagte, zum Himmel aufzublicken — während ich vergeblich gegen die Vorstellung ankämpfte, daß selbst das

Fundament des Berges von der Wut der Sturmwinde bedroht war. Es dauerte lange, bis ich mir mit aller Vernunft genügend Mut zugesprochen hatte, um mich aufsetzen und in die Ferne blicken zu können.

»Sie müssen sich von solchen Einbildungen freimachen«, sagte mein Reiseführer, »denn ich habe Sie hierher gebracht, damit Sie den besten Blick auf den Schauplatz des Geschehens, das ich gerade erwähnte, haben — und um Ihnen die ganze Geschichte, den Platz direkt vor Augen, zu erzählen.

Wir befinden uns nun«, fuhr er in der ihm eigenen umständlichen Weise fort — »wir befinden uns nun ganz nahe bei der norwegischen Küste am achtundsechzigsten Breitengrad in der großen Provinz Nordland und in dem öden Bezirk von Lofoten. Der Berg, auf dessen Gipfel wir sitzen, ist der Helseggen, der Umwölkte. Richten Sie sich noch ein wenig auf — halten Sie sich am Gras fest, wenn Ihnen schwindlig ist — und schauen Sie über den Dunstgürtel unter uns hinweg, aufs Meer.«

Benommen blickte ich auf und sah die ungeheure Weite des Ozeans vor mir, dessen Wasser von so tiefdunkler Färbung war, daß mir sofort die Beschreibung des nubischen Geographen vom Mare Tenebrarum einfiel. Ein Panorama von erbärmlicherer Trostlosigkeit kann sich menschliche Phantasie nicht vorstellen. Zur Rechten und zur Linken erstreckten sich, soweit der Blick reichte, wie Bollwerke am Rande der Welt, Reihen scheußlich schwarzer, überhängender Klippen, deren Düsterkeit die Brandung, die ihre weißen und gespenstischen Schaumkämme mit unaufhörlichem Tosen und Heulen hoch gegen sie hinaufschlug, fast gewaltsam unterstrich. Dem Vorgebirge, auf dem wir uns befanden, gerade gegenüber und etwa fünf oder sechs Seemeilen entfernt, war eine kleine, kahl wirkende Insel zu sehen, oder besser gesagt, ließ sich ihre Lage durch die wilde Brandung, die sie einhüllte, erkennen. Etwa zwei Meilen näher zur Küste erhob sich eine zweite, kleinere, häßlich zerklüftet und öde und hie und da von einer Gruppe dunkler Felsen umgeben.

In dem Teil zwischen der entfernteren Insel und der Küste wirkte der Ozean sehr ungewöhnlich. Obwohl zu diesem Zeitpunkt eine so steife Brise landeinwärts blies, daß eine Brigg auf offener See mit doppelt gerefften Segeln beigedreht lag und mit dem ganzen Rumpf ständig untertauchte, gab es hier doch keine regelmäßige Dünung, sondern nur ein kurzes, stoßweises, wütendes Hin- und Herschlagen des Wassers in alle Richtungen – sowohl gegen den wie mit dem Wind. Gischt gab es, außer in der unmittelbaren Nähe der Felsen, nur wenig.

»Die Insel ganz da draußen«, fuhr der alte Mann fort, »wird von den Norwegern Vurrgh genannt. Die andere auf halbem Weg ist Moskoe. Die eine Meile nördlich ist Ambaaren. Da drüben sind Islesen, Hotholm, Keidhelm, Suarven und Buckholm. Weiter hinten – zwischen Moskoe und Vurrgh – liegen Otterholm, Flimen, Sandflesen und Stockholm. Das sind die richtigen Namen dieser Inseln, aber warum man es überhaupt für nötig gehalten hat, sie alle zu benennen, werden weder Sie noch ich je begreifen. Hören Sie etwas? Sehen Sie irgendeine Veränderung im Wasser?«

Wir waren nun schon etwa zehn Minuten auf dem Gipfel des Helseggen, zu dem wir von Lofoten aus hinaufgestiegen waren, so daß vom Meer solange nichts zu sehen war, bis sein Anblick vom Gipfel aus auf uns einstürmte. Während der alte Mann sprach, fiel mir ein lautes und allmählich zunehmendes Geräusch auf, wie das Brüllen einer gewaltigen Büffelherde auf einer amerikanischen Prärie, und im selben Augenblick erkannte ich, daß die »Kabbelung« des Ozeans unter uns rasch in eine Strömung umschlug, die ostwärts ging. Während ich noch schaute, erlangte sie bereits eine ungeheuerliche Geschwindigkeit. Jeden Augenblick nahm sie an Schnelligkeit zu – an ungestümer Heftigkeit. Nach fünf Minuten war das ganze Meer bis Vurrgh zu unbändiger Raserei aufgepeitscht, der stärkste Aufruhr jedoch herrschte zwischen Moskoe und der Küste. Hier barsten die gewaltigen Wassermassen, von tausend entgegengesetzten Strömungen zerschnitten und zerfurcht, plötzlich wie in rasenden Zuckungen – anschwellend, sprudelnd, zischend – in unzähligen gewaltigen Strudeln kreiselnd, und all das wirbelte und stürmte gen Osten mit einer Geschwindigkeit, die Wasser sonst nur bei steilem Gefälle erreicht.

Einige Minuten später veränderte sich die ganze Szenerie abermals völlig. Die Oberfläche glättete sich ein wenig, und die Strudel verschwanden nach und nach, statt dessen tauchten seltsame Gischtstreifen an Stellen auf, wo vorher keine zu sehen gewesen waren. Diese Streifen, die sich bis weit ins Meer ausdehnten und miteinander verbanden, nahmen schließlich selbst die Kreiselbewegung der abgeschwächten

Strudel an und schienen den Kern eines neuen, noch gewaltigeren zu bilden. Plötzlich – ganz plötzlich – nahm dieser Strudel in einem Kreis von mehr als anderthalb Kilometer Durchmesser klare und endgültige Gestalt an. Den Rand des Wirbels zeigte ein breiter Gürtel schimmernden Schaums an, doch kein Teilchen davon sprühte in den Schlund des entsetzlichen Trichters, dessen Inneres, soweit das Auge es erfassen konnte, eine glatte, glänzende, kohlschwarze Wasserwand war, die sich, in einem Winkel von etwa fünfundvierzig Grad zum Horizont geneigt, mit schwindelndem Tempo um und um drehte in schwingender und schaukelnder Bewegung und mit einer schrecklichen Stimme, halb Kreischen, halb Brüllen und so laut, wie sie nicht einmal der gewaltige Niagara-Fall in seiner verzückten Wut gen Himmel schickt, in den Wind schrie.

Der Berg erzitterte bis in den Grund, und der Felsen wankte. Ich warf mich aufs Gesicht und klammerte mich in einem heftigen Anfall nervöser Erregung an die spärlichen Gewächse.

»Das«, sagte ich schließlich zu dem alten Mann, »das kann nichts anderes sein als der große Wirbel des Malstroms.«

»So wird er manchmal bezeichnet«, sagte er. »Wir Norweger nennen ihn den Moskoestrom, nach der Insel Moskoe in der Mitte.«

Die üblichen Beschreibungen dieses Strudels hatten mich in keiner Weise auf das vorbereitet, was ich nun sah. Die Schilderung von Jonas Ramus, die vielleicht die ausführlichste von allen ist, vermittelt weder von der Großartigkeit noch von der Schrecklichkeit des Anblicks die leiseste Vorstellung, auch nicht von dem wilden, bestürzenden Gefühl des *Neuen,* das den Betrachter überfällt. Ich weiß nicht, von welcher Stelle aus der erwähnte Autor ihn gesehen hat, noch zu welchem Zeitpunkt. Es kann aber weder vom Gipfel des Helseggen aus gewesen sein, noch während eines Sturmes. Immerhin sind in seiner Beschreibung Stellen, die zu zitieren ihrer Einzelheiten wegen lohnt, obwohl sie viel zu schwach sind, um einen Eindruck von diesem Schauspiel zu vermitteln.

»Zwischen Lofoten und Moskoe«, schreibt er, »ist das Wasser zwischen sechsunddreißig und vierzig Faden tief, doch auf der anderen Seite, bei Ver (Vurrgh), nimmt diese Tiefe so ab, daß dort kein Schiff passieren kann, ohne das Risiko zu laufen, an den Riffen zu zerschellen, was sogar bei ruhigstem Wetter vorkommt. Bei Flut schießt die Strömung zwischen Lofoten und Moskoe mit ungestümer Geschwindigkeit dem Festland zu, aber das Tosen ihres heftigen Rückflusses zum Meer wird von den lautesten und schrecklichsten Wasserfällen kaum erreicht; man hört das Geräusch meilenweit, und die Strudel oder Schlünde sind von solchem Umfang und solcher Tiefe, daß ein Schiff, das in ihren Anziehungsbereich gerät, unweigerlich verschlungen, zum Meeresgrund hinabgerissen und dort an den Klippen zerschmettert wird, und wenn die Wasser sich beruhigen, werden Wrackteile wieder an die Oberfläche geworfen. Doch diese Ruhepausen gibt es nur bei der Umkehr von Ebbe und Flut und bei ruhigem Wetter. Sie dauern höchstens eine Viertelstunde, dann beginnt der Aufruhr allmählich von neuem. Wenn die Strömung am wildesten ist und ein Sturm ihr Ungestüm noch steigert, ist es gefährlich, ihr auf eine norwegische Meile nahezukommen. Boote, Yachten und Schiffe sind von ihr mitgerissen worden, weil sie nicht aufpaßten und in ihre Reichweite gerieten. Häufig geschieht es auch, daß Wale dem Strom zu nahe kommen und von seiner Wucht überwältigt werden. Ihr Heulen und Bellen bei ihrem fruchtlosen Versuch, sich zu befreien, ist unbeschreiblich. Einmal wurde ein Bär, der versuchte, von Lofoten nach Moskoe zu schwimmen, vom Strom erfaßt und nach unten gezogen. Sein Brüllen war so schrecklich, daß man es an der Küste hören konnte. Große Kiefern- und Fichtenstämme tauchen, nachdem der Strom sie verschlungen hat, derart zerbrochen und zerrissen wieder auf, als wüchsen Borsten auf ihnen. Das beweist, daß der Meeresgrund aus zerklüfteten Felsen bestehen muß, zwischen denen sie herumgewirbelt werden. Dieser Strom unterliegt den Gezeiten des Meeres – er führt alle sechs Stunden regelmäßig Hoch- oder Niedrigwasser. Im Jahr 1645, früh am Morgen des Sonntags Sexagesima, raste er mit solchem Lärm und solcher Wucht, daß selbst die Steine der Häuser an der Küste zu Boden fielen.«

Was die Wassertiefe betrifft, so war mir nicht klar, wie man sie in der unmittelbaren Nähe des Strudels überhaupt feststellen konnte. Die »vierzig Faden« können sich nur auf Teile des Kanals nahe bei der Küste von Moskoe oder Lofoten beziehen. Die Tiefe in der Mitte des Moskoestroms muß unvergleichlich größer sein, und es bedarf keines besseren Beweises für diese Tatsache als nur eines seitlichen Blickes in den Abgrund des Wirbels, wie man ihn von der höchsten Klippe des Helseggen hat. Als ich von der Felsspitze auf diesen heulenden Phlegethon unter mir hinabschaute, konnte ich mir ein

Lächeln über die Einfältigkeit des redlichen Jonas Ramus nicht verkneifen, der Anekdoten über Wale und Bären als etwas kaum Glaubhaftes erzählt. Denn mir schien es ganz selbstverständlich, daß die größten Linienschiffe der Welt, wenn sie in den Bereich dieses tödlichen Sogs gerieten, ihm ebenso wenig widerstehen konnten wie eine Feder einem Orkan und augenblicklich mit Mann und Maus verschwinden mußten.

Die Versuche, das Phänomen zu erklären — von denen einige, an die ich mich erinnere, mir beim Lesen recht plausibel vorkamen — erschienen mir jetzt in einem ganz anderen und unbefriedigenden Licht. Die allgemein vertretene Auffassung ist, daß dieser Strudel, wie auch drei kleinere bei den Ferroe-Inseln, »keine andere Ursache hat als den Aufprall der bei Flut und Ebbe steigenden und fallenden Wellen gegen einen Kamm von Klippen und Felsen, der das Wasser so einengt, daß es wie ein Katarakt hinunterstürzt; je höher die Flut steigt, um so tiefer muß also der Fall sein, und das natürliche Ergebnis von all dem ist ein Wirbel oder Strudel, dessen ungeheure Saugkraft durch Experimente im kleinen genügend bekannt ist.« So steht es in der Encyclopaedia Britannica zu lesen. Kircher und andere glauben, daß im Mittelpunkt des Malstroms ein Abgrund ist, der durch den Erdball verläuft und an einem weit entfernten Punkt wieder austritt — in einem Fall wird mit ziemlicher Bestimmtheit der Bottnische Meerbusen genannt. Zu dieser völlig unbegründeten Meinung fühlte sich meine Vorstellungskraft, während ich hinunterschaute, am meisten hingezogen, und als ich sie meinem Führer gegenüber erwähnte, war ich nicht wenig überrascht, als ich ihn sagen hörte, diese Ansicht sei zwar unter den Norwegern allgemein verbreitet, er teile sie jedoch nicht. Was die erste Erklärung betraf, so gab er zu, sie nicht begreifen zu können, und darin stimmte ich ihm bei —, denn so überzeugend sie sich auf dem Papier ausnimmt, vor dem donnernden Schlund wird sie auf einmal unverständlich, ja sogar absurd.

»Sie haben sich den Strudel nun genau angesehen«, sagte der alte Mann, »und wenn Sie so gut sein wollen, um diese Klippe zu kriechen, zur Leeseite, wo das Getöse des Wassers gedämpft ist, werde ich Ihnen eine Geschichte erzählen, die Sie davon überzeugen wird, daß ich den Moskoestrom kennen sollte.«

Ich rutschte zu dem bezeichneten Platz hinüber, und er fuhr fort.

»Ich und meine zwei Brüder besaßen einst eine als Schoner

aufgetakelte Schmack von etwa siebzig Tonnen Lastigkeit, mit der wir zwischen den Inseln jenseits von Moskoe, nahe bei Vurrgh, zu fischen pflegten. Alle heftigen Strudel auf See sind zur rechten Zeit und bei dem nötigen Mut, es zu versuchen, guter Fischgrund, aber von den Küstenbewohnern von Lofoten waren wir drei die einzigen, die ein regelrechtes Geschäft daraus machten, bei den Inseln zu fischen, wie ich Ihnen erzählte. Die gewöhnlichen Fischgründe liegen viel weiter unten im Süden. Dort kann man zu allen Stunden und ziemlich gefahrlos fischen, und deshalb werden diese Plätze bevorzugt. Die von uns gewählten Plätze hier zwischen den Felsen aber liefern nicht nur die besten Arten, sondern auch in größerer Menge; deshalb fischten wir an einem einzigen Tag oft mehr, als die ängstlicheren unter uns Fischern in einer ganzen Woche zusammenbrachten. Ja, wir machten eine verwegene Spekulation daraus: Lebensgefahr statt Arbeit, und Mut statt Kapital.

Der Ankerplatz unserer Schmack war in einer kleinen Bucht, von hier etwa fünf Meilen weiter die Küste hinauf, und bei gutem Wetter pflegten wir die fünfzehn Minuten Flaute zu nützen und den Hauptkanal des Moskoestroms weit oberhalb des Strudels zu überqueren und dann irgendwo in der Nähe von Otterholm oder Sandflesen, wo die Wirbel nicht so heftig sind wie anderswo, vor Anker zu gehen. Hier blieben wir für gewöhnlich, bis es fast wieder Stillwasserzeit war, dann lichteten wir den Anker und machten uns auf den Heimweg. Wir unternahmen diese Fahrt nie ohne einen stetigen Seitenwind für die Hin- und Rückfahrt — einen Wind, von dem wir sicher waren, daß er uns nicht vor unserer Rückkehr im Stich lassen würde — und in diesem Punkt haben wir uns nur selten verrechnet. Zweimal in sechs Jahren waren wir gezwungen, wegen völliger Windstille, die gerade in dieser Gegend selten vorkommt, die ganze Nacht vor Anker zu liegen, und einmal mußten wir wegen eines Sturms, der kurz nach unserer Ankunft aufkam und den Kanal so aufwühlte, daß eine Rückfahrt nicht in Frage kam, fast eine Woche lang auf den Fischplätzen bleiben und wären fast verhungert. Bei dieser Gelegenheit wären wir trotz allem (denn die Wirbel warfen uns so heftig um und um, daß unser Anker unklar wurde und wir ihn schleppten) aufs offene Meer hinausgetrieben worden, wenn wir nicht in eine der zahllosen Gegenströmungen — heute da und morgen verschwunden — geraten

wären, die uns unter Lee von Flimen brachte, wo wir glücklicherweise festmachen konnten.
Ich könnte Ihnen nicht einmal einen Bruchteil der Schwierigkeiten beschreiben, die wir auf den Fischgründen hatten — es ist eine üble Stelle, sogar bei gutem Wetter —, aber wir haben es immer fertiggebracht, den Moskoestrom ohne Widrigkeiten herauszufordern, obwohl mir manchmal das Herz in die Hosen rutschte, wenn wir zufällig einmal ein oder zwei Minuten vor oder nach dem Stillwasser lagen. Der Wind war bisweilen nicht so stark, wie wir beim Aufbruch dachten, und wir machten weniger Fahrt, als uns lieb war; hinzu kam, daß der Strom die Schmack unlenkbar machte. Mein ältester Bruder hatte einen achtzehnjährigen Sohn, und ich selbst hatte auch zwei stämmige Jungen. Sie wären dabei eine große Hilfe gewesen, sowohl an den Rudern wie später beim Fischen — aber, obwohl wir selbst unser Leben aufs Spiel setzten, brachten wir es doch nicht übers Herz, die Jungen in Gefahr zu bringen —, denn schließlich und endlich war es eine furchtbare Gefahr, und das ist die Wahrheit.
Es ist jetzt auf wenige Tage drei Jahre her, seit das, was ich Ihnen erzählen möchte, geschah. Es war am 10. Juli 18—, ein Tag, den die Menschen hierzulande niemals vergessen werden, denn an diesem Tag wütete der schlimmste Orkan, der je vom Himmel kam. Und doch hatte bei herrlichem Sonnenschein den ganzen Morgen über und bis in den späten Nachmittag hinein eine sanfte und stetige Brise von Südwest geweht — auch der älteste Seemann unter uns hätte nicht vorhersehen können, was folgen sollte.
Wir drei — meine beiden Brüder und ich — waren gegen zwei Uhr nachmittags zu den Inseln hinübergefahren, und bald hatten wir fast die ganze Schmack vollgeladen mit schönen Fischen, von denen es, wie uns allen auffiel, an diesem Tag mehr gab als je zuvor. *Nach meiner Uhr* war es gerade sieben, als wir den Anker lichteten und uns auf den Heimweg machten, um die schlimmste Stelle des Stroms bei Stillwasser zu passieren, das, wie wir wußten, um acht Uhr eintreten würde.
Wir segelten mit einer frischen Brise über Steuerbord los, machten eine Zeitlang gute Fahrt und dachten nicht im Traum an irgendeine Gefahr, denn es gab wirklich keinerlei Grund dafür. Plötzlich wurden wir von einer Brise, die vom Helseggen kam, nach Backbord getrieben. Das war äußerst unge-

wöhnlich — etwas, was wir bisher nicht erlebt hatten —, und mir wurde leicht unbehaglich zumute, ohne genau zu wissen, warum. Wir segelten hart am Wind, kamen aber wegen der Strudel nicht vorwärts, und ich wollte gerade vorschlagen, zum Ankerplatz zurückzukehren, als wir nach achtern blickten und den ganzen Horizont von einer eigentümlichen kupferfarbenen Wolke bedeckt sahen, die mit verblüffender Geschwindigkeit emporwuchs.

Inzwischen hatte sich die Gegenbrise gelegt; völlige Windstille herrschte, und wir trieben ziellos hin und her. Dieser Zustand dauerte aber nicht lange genug, um uns Zeit zum Nachdenken zu lassen. In weniger als einer Minute war der Sturm über uns — in weniger als zwei war der Himmel vollkommen überzogen — dabei und durch den fliegenden Gischt wurde es plötzlich so dunkel, daß wir einander in der Schmack nicht mehr sehen konnten.

Es wäre unsinnig, einen Orkan, wie er an diesem Tag tobte, beschreiben zu wollen. Der älteste Seemann in Norwegen hat nichts Derartiges erlebt. Wir hatten unsere Segel eingezogen, bevor er uns überrumpelte, doch schon beim ersten Stoß gingen unsere beiden Masten über Bord, als hätte man sie abgesägt — der Hauptmast nahm meinen jüngsten Bruder mit, der sich zur Sicherheit an ihm festgebunden hatte.

Unser Boot war die leichteste Nußschale, die je auf dem Wasser geschwommen ist. Es hatte ein geschlossenes Glattdeck, nur nah beim Bug war eine kleine Luke. Diese hatten wir immer geschalkt, bevor wir den Strom überquerten, als Vorsichtsmaßnahme gegen die hin- und herschlagenden Wellen. Ohne diesen Umstand wären wir sofort gekentert — denn ein paar Augenblicke lagen wir ganz unter Wasser. Wie mein älterer Bruder dem Tod entging, weiß ich nicht, denn ich hatte nie mehr die Möglichkeit, das zu erfahren. Ich selbst warf mich, sobald ich das Focksegel gelöst hatte, flach aufs Deck, stemmte die Füße gegen das schmale Dollbord am Bug, und klammerte mich mit den Händen um einen Ringbolzen beim Fuß des Vordermastes. Es war bloßer Instinkt, der mich so handeln ließ — und zweifellos war es das Beste, was ich tun konnte —, denn ich war viel zu betäubt, um zu denken.

Ein paar Augenblicke lang waren wir, wie gesagt, völlig überflutet, und die ganze Zeit über hielt ich den Atem an und klammerte mich an den Bolzen. Als ich das nicht länger aushalten konnte, richtete ich mich auf den Knien auf, wobei ich mich immer noch mit den Händen festhielt, und bekam so meinen Kopf frei. Plötzlich schüttelte sich unser kleines Boot wie ein Hund, der aus dem Wasser kommt, und befreite sich so zum Teil von den Fluten. Ich versuchte gerade, die Betäubung zu überwinden, die mich überkommen hatte, und meine fünf Sinne zu sammeln, um zu sehen, was zu tun war, als ich fühlte, wie mich jemand am Arm faßte. Es war mein älterer Bruder, und mein Herz hüpfte vor Freude, denn ich war sicher gewesen, daß er über Bord gegangen war — aber schon einen Augenblick später verwandelte sich die Freude in Entsetzen —, er hielt den Mund dicht an mein Ohr und schrie das eine Wort *Moskoestrom*!

Niemand wird je erfahren, was ich in diesem Moment empfand. Ich zitterte von Kopf bis Fuß, wie bei einem heftigen Schüttelfrost. Ich wußte nur zu gut, was er mit diesem einen Wort meinte — ich wußte, was er mir damit zu verstehen geben wollte. Mit dem Wind, der uns nun immer vorantrieb, hielten wir auf den Strudel des Stroms zu, und nichts konnte uns retten!

Sie wissen bereits, daß wir beim Überqueren des Kanals sogar bei ruhigstem Wetter immer ein ganzes Stück oberhalb des Strudels fuhren und dann sorgfältig das Stillwasser abpaßten — jetzt aber fuhren wir direkt auf den Trichter zu und das bei einem solchen Orkan! ›Bestimmt‹, dachte ich, ›werden wir gerade bei Stillwasser dort ankommen — eine kleine Hoffnung bleibt also noch‹ — doch schon im nächsten Augenblick verwünschte ich mich selbst, was für ein Narr ich war, überhaupt von Hoffnung zu träumen. Ich wußte sehr gut, daß wir zum Untergang verdammt waren, und wenn wir zehnmal ein Neunzigkanonenschiff gewesen wären.

Inzwischen hatte sich die erste Wut des Sturmes ausgetobt, oder vielleicht empfanden wir ihn nicht mehr so stark, da wir vor ihm herflogen; auf jeden Fall türmten sich die Wellen, die zuerst, vom Wind niedergedrückt, flach und schäumend dalagen, nun förmlich zu Bergen auf. Auch am Himmel war eine merkwürdige Veränderung vor sich gegangen. Ringsum war er in allen Richtungen immer noch schwarz wie Pech, aber fast genau über uns riß plötzlich ein kreisförmiges Stück klaren Himmels auf — klarer denn je und von einem tiefen, strahlenden Blau —, und in diesem Loch erschien leuchtend der Vollmond mit einem Glanz, wie ich ihn nie zuvor gesehen habe. Er beleuchtete alles um uns mit größter Deutlich-

keit — aber, mein Gott, was für ein Bild beleuchtete er!
Ich machte nun ein oder zwei Versuche, mit meinem Bruder zu sprechen — doch aus unbegreiflichen Gründen hatte das Getöse so zugenommen, daß ich ihm kein einziges Wort verständlich machen konnte, obwohl ich ihm mit ganzer Kraft ins Ohr schrie. Plötzlich schüttelte er, bleich wie der Tod, den Kopf, und hielt einen Finger hoch, als wolle er sagen: *Horch*!
Zuerst verstand ich nicht, was er meinte — doch bald schoß mir ein gräßlicher Gedanke durch den Kopf. Ich zog meine Uhr aus der Tasche. Sie ging nicht. Ich starrte im Mondlicht darauf, brach dann in Tränen aus und warf sie weit fort ins Meer. *Sie war um sieben Uhr stehengeblieben! Das Stillwasser war längst vorüber, und der Strudel des Stroms drehte sich mit voller Wucht*!
Wenn ein Boot gut gebaut, richtig getrimmt und nicht zu schwer beladen ist, scheinen die Wellen bei einem starken Sturm, wenn es mit rauhem Wind fährt, immer unter ihm herzugleiten — was einer Landratte merkwürdig vorkommt —, und das nennt man in der Seemannssprache *reiten*.
Nun, bis dahin waren wir sehr geschickt über die Wellen geritten, aber jetzt packte uns ein gewaltiger Brecher gerade unter der Gilling und nahm uns mit sich in die Höhe — hinauf — hinauf — als gehe es in den Himmel. Ich hätte nie geglaubt, daß eine Welle so hoch steigen kann. Und dann stürzten wir schwingend, gleitend, tauchend hinab, so daß mir übel und schwindlig wurde, als fiele ich im Traum von einem hohen Berggipfel. Doch als wir noch oben waren, hatte ich einen schnellen Blick um mich geworfen — und dieser eine Blick genügte. Ich erfaßte augenblicks unsere genaue Lage. Der Strudel des Moskoestroms war etwa eine Viertelmeile gerade vor uns — aber er ähnelte dem sonstigen Moskoestrom so wenig wie der Strudel, den Sie jetzt sehen, einem Mühlbach. Wenn ich nicht gewußt hätte, wo wir waren und was auf uns zukam, hätte ich den Ort überhaupt nicht wiedererkannt. Unwillkürlich schloß ich vor Grauen die Augen. Meine Lider preßten sich zusammen wie im Krampf.
Es konnten kaum mehr als zwei Minuten vergangen sein, als wir plötzlich spürten, daß die Wellen nachließen, und von Gischt eingehüllt waren. Das Boot machte eine scharfe Wendung nach Backbord und schoß dann wie ein Blitz in diese neue Richtung. Im gleichen Augenblick wurde das Brüllen des Wassers von einer Art schrillen Kreischens völlig übertönt —

ein Geräusch, als ließen viele tausend Dampfer alle auf einmal aus ihren Pfeifen Dampf ab. Wir befanden uns nun in dem Schaumgürtel, der den Strudel stets umgibt, und ich dachte natürlich, daß wir jeden Augenblick in den Abgrund stürzen würden, in den wir wegen der rasenden Geschwindigkeit, mit der wir herumwirbelten, nur undeutlich hinabblikken konnten. Das Boot schien überhaupt nicht ins Wasser einzutauchen, sondern wie eine Luftblase auf den Wellen hinzugleiten. Seine Steuerbordseite war dem Trichter zugekehrt, und an Backbord türmte sich das weite Meer auf, das wir verlassen hatten. Es stand wie eine gekrümmte Wand zwischen uns und dem Horizont.

Es mag seltsam erscheinen, aber nun, da wir uns im Rachen des Abgrunds befanden, war ich ruhiger als vorher, als wir uns ihm erst näherten. Da ich beschloß, alle Hoffnung fahren zu lassen, wich auch ein gut Teil des Grauens von mir, das mich zuerst gelähmt hatte. Ich glaube, es war die Verzweiflung, die meine Nerven stählte.

Es klingt vielleicht wie Prahlerei – doch was ich Ihnen erzähle, ist die Wahrheit –: ich begann zu überlegen, wie großartig es sei, auf solche Weise zu sterben, und wie töricht es von mir war, angesichts einer so wunderbaren Offenbarung der Macht Gottes an etwas so Armseliges zu denken wie mein eigenes persönliches Leben. Ich glaube wirklich, daß ich vor Scham rot wurde, als dieser Gedanke mir durch den Kopf ging. Nach einer Weile packte mich heftige Neugier über den Strudel selbst. Ich sehnte mich danach, seine Tiefen zu erforschen, sogar um den Preis, den ich nun zahlen sollte, und mein größter Kummer war, daß ich meinen alten Kameraden an Land nie über die Geheimnisse, die ich schauen sollte, würde berichten können. Das waren zweifellos seltsame Phantasien für einen Menschen in einer so verzweifelten Lage – und ich habe seitdem oft gedacht, daß die Drehungen des Bootes um den Trichter mich möglicherweise ein wenig wirr gemacht hatten.

Noch ein anderer Umstand trug dazu bei, mir meine Selbstbeherrschung wiederzugeben, und zwar das Aufhören des Windes, der uns in unserer augenblicklichen Lage nicht erreichen konnte – denn, wie Sie selbst gesehen haben, liegt der Schaumgürtel erheblich niedriger als der übrige Wasserspiegel, der sich nun wie ein hoher, schwarzer, bergiger Kamm über uns auftürmte. Wenn Sie noch nie bei einem schweren Sturm auf See gewesen sind, können Sie sich keine Vorstellung von der Verwirrung des Geistes machen, die Wind und Gischt gemeinsam bewirken. Man wird blind und taub, erstickt schier und wird aller Tatkraft und Denkfähigkeit beraubt. Aber diese Plage waren wir nun zum größten Teil los — wie man zum Tode verurteilten Schwerverbrechern im Gefängnis kleine Vergünstigungen gewährt, die ihnen verwehrt sind, solange ihr Schicksal noch nicht entschieden ist.

Wie lange wir die Runde um den Trichter machten, ist unmöglich zu sagen. Wir kreisten vielleicht eine Stunde lang rundum, mehr fliegend als schwimmend, und gerieten nach und nach immer tiefer in die Mitte des Schaumgürtels und dann immer näher an seinen schrecklichen inneren Rand. Die ganze Zeit über ließ ich den Ringbolzen nicht los. Mein Bruder lag im Heck und hielt sich an einem kleinen, leeren Wasserfaß fest, das in dem Raum unter der Gilling gut vertäut und das einzige an Deck war, das der Sturm, als er uns überfiel, nicht über Bord geschwemmt hatte. Als wir den Rand des Schlundes erreichten, ließ er das Faß los, griff nach dem Ring und versuchte in seiner Todesangst, meine Hände davon wegzuzerren, da er nicht groß genug war, um uns beiden einen sicheren Halt zu bieten. Nie in meinem Leben habe ich tieferen Kummer empfunden als in diesem Augenblick, als ich ihn solches versuchen sah — obwohl ich wußte, er war nicht bei Sinnen, als er es tat — ein rasender Wahnsinniger aus schierer Furcht. Mir lag indessen nichts daran, die Sache mit ihm auszufechten. Ich wußte, es war ganz gleichgültig, ob wir uns überhaupt festhielten; also überließ ich ihm den Ringbolzen und kroch nach achtern zu dem Faß. Das bereitete keine großen Schwierigkeiten, denn die Schmack flog ganz gleichmäßig, auf ebenem Kiel, im Kreis, und schwankte nur in dem ungeheuren Schwung des Strudels hin und her. Kaum hatte ich in meiner neuen Lage Halt gewonnen, da machte das Boot einen heftigen Ruck nach Steuerbord, und wir stürzten kopfüber in den Abgrund. Ich murmelte ein Stoßgebet und glaubte, alles sei vorbei.

Als ich das übelkeiterregende Gefühl des Absturzes spürte, klammerte ich mich instinktiv fester an das Faß und schloß die Augen. Ein paar Sekunden lang wagte ich nicht, sie aufzumachen — ich erwartete meinen sofortigen Tod und wunderte mich darüber, daß ich nicht bereits ertrinkend mit dem Wasser kämpfte. Doch ein Augenblick nach dem anderen verging. Ich lebte immer noch. Das Gefühl des Fallens war vorüber, und

die Bewegung des Schiffes schien ganz ähnlich wie zuvor, als wir noch im Schaumgürtel waren, nur lag es jetzt mehr auf der Seite. Ich faßte Mut und schaute abermals um mich.
Nie werde ich das Gefühl der Ehrfurcht, des Grauens und der Bewunderung vergessen, mit dem mich der Anblick erfüllte. Das Boot schien wie durch einen Zauber mitten an der inneren Oberfläche eines Trichters zu hängen, der gewaltig an Umfang und ungeheuerlich an Tiefe war. Seine vollkommen glatten Wände hätte man für Elfenbein halten können, wäre nicht die bestürzende Geschwindigkeit gewesen, mit der sie sich drehten, und der schimmernde, gespenstische Glanz, der von ihnen ausging, da die Strahlen des Vollmondes von dem kreisrunden Loch in den Wolken, das ich bereits geschildert habe, in goldener Flut die schwarzen Mauern entlang und tief hinab in die untersten Winkel des Abgrundes strömten.
Zuerst war ich viel zu verwirrt, um irgend etwas wahrnehmen zu können. Alles, was ich erfaßte, war dieser allgemeine Eindruck schrecklicher Großartigkeit, der auf mich einstürmte. Als ich ein wenig zu mir gekommen war, richtete ich den Blick jedoch unwillkürlich nach unten. In dieser Richtung bot sich mir durch die Art, wie die Schmack an der schrägen Oberfläche des Trichters hing, ein ungehinderter Ausblick. Sie lag auf ebenem Kiel — das heißt, ihr Deck lag parallel zum Wasserspiegel; da dieser sich aber in einem Winkel von über fünfundvierzig Grad neigte, schienen wir auf der Seite zu liegen. Mir fiel aber auf, daß es für mich in dieser Lage trotzdem nicht schwieriger war, meinen Halt zu bewahren, als in der Waagerechten, und das lag vermutlich an der Geschwindigkeit, mit der wir uns drehten.
Die Strahlen des Mondes schienen den tiefsten Grund dieses unergründlichen Schlundes durchdringen zu wollen, aber noch immer konnte ich nichts Genaues erkennen, wegen eines dichten Nebels, in den alles gehüllt war und über dem ein herrlicher Regenbogen hing, wie jene schmale und schwankende Brücke, von der die Moslems behaupten, sie bilde den einzigen Pfad zwischen Zeit und Ewigkeit. Dieser Nebel oder Schaum entstand zweifellos durch das Zusammenstoßen der gewaltigen Wände des Trichters, die am Grund alle aufeinander trafen — aber das Heulen, das aus diesem Nebel zum Himmel ausftieg, wage ich nicht zu beschreiben.
Nach unserem Abgleiten von dem Schaumgürtel in den Trichter selbst waren wir ein großes Stück den Abhang hin-

untergerutscht, aber unser weiterer Abstieg stand in keinem Verhältnis dazu. Um und um wurden wir geschleudert, nicht mehr in jener gleichmäßigen Bewegung, sondern mit schwindelerregenden Sprüngen und Stößen, die uns manchmal nur ein paar hundert Meter vorwärts brachten und manchmal auch fast um den ganzen Strudel herum. Jede Umdrehung brachte uns zwar langsam, aber merklich weiter in die Tiefe.

Als ich so die weite Öde flüssigen Elfenbeins überblickte, auf der wir dahingetragen wurden, bemerkte ich, daß unser Boot nicht das einzige Ding in der Gewalt des Strudels war. Sowohl über wie auch unter uns waren Schiffsteile zu sehen, große Mengen von Bauholz und Baumstämme, auch kleinere Gegenstände, wie Hausrat, zerbrochene Kisten, Fässer und Latten. Die unnatürliche Neugier, die mein ursprüngliches Grauen abgelöst hatte, habe ich schon zu schildern versucht. Sie schien in dem Maße in mir zu wachsen, wie ich mich meinem schrecklichen Verhängnis näherte. Ich begann nun mit sonderbarem Interesse die zahlreichen Dinge, die in unserer Gesellschaft herumschwammen, zu betrachten. Ich muß wahnsinnig gewesen sein, denn ich fand sogar Vergnügen daran, über die verschiedene Geschwindigkeit ihres jeweiligen Absinkens zum Schaum unten nachzugrübeln. ›Diese Tanne‹, hörte ich mich plötzlich sagen, ›macht bestimmt als nächstes den grausigen Sprung und verschwindet‹ — und dann war ich enttäuscht, als ich feststellte, daß das Wrack eines holländischen Handelsschiffes den Baum überholte und vor ihm hinunterstürzte. Nachdem ich eine Zeitlang so geraten und mich jedesmal getäuscht hatte, brachte mich diese Tatsache — die Tatsache meines ständigen Irrtums — auf einen Gedanken, der meine Glieder wieder zittern und mein Herz noch einmal heftig schlagen ließ.

Es war jedoch kein neuer Schrecken, der mich so gepackt hatte, sondern der Schimmer einer weit aufregenderen *Hoffnung.* Diese Hoffnung entsprang zum Teil meiner Erinnerung, zum Teil meinen augenblicklichen Beobachtungen. Ich rief mir die Vielfalt des Strandguts ins Gedächtnis, das an der Küste von Lofoten verstreut lag und das der Moskoestrom erst verschlungen und dann ausgeworfen hatte. Die meisten dieser Gegenstände waren auf die merkwürdigste Weise zertrümmert — so zerkratzt und zerrieben, daß sie wie mit Splittern übersät schienen — aber ich erinnerte mich deutlich, auch *einige* gesehen zu haben, die unversehrt geblieben waren. Diesen

Unterschied konnte ich mir nicht anders erklären als durch die Annahme, daß der Strudel nur die zerkratzten Bruchstücke *vollständig verschlungen* hatte und daß die anderen so kurz vor dem Stillwasser hineingeraten waren oder aus irgendeinem Grund nach ihrem Eintauchen so langsam abgesunken waren, daß sie nicht vor der Umkehr der Gezeiten den Grund erreicht hatten. Ich hielt es für möglich, daß sie auf diese Weise zum Meeresspiegel hinaufgeschleudert worden waren, ohne das Schicksal derer zu teilen, die zu einem früheren Zeitpunkt oder schneller verschlungen worden waren. Ich machte noch drei weitere wichtige Beobachtungen. Erstens: in der Regel sank ein Gegenstand um so schneller, je größer er war. Zweitens: bei zwei Massen gleicher Größe sank diejenige, die sphärisch war, schneller als eine von anderer Form. Drittens: bei zwei Massen gleicher Größe wurde eine zylindrische langsamer verschlungen als Massen von anderer Form. Nach meiner Rettung habe ich über dieses Thema mehrmals mit einem alten Lehrer unseres Bezirks gesprochen, und von ihm lernte ich auch die Wörter ›zylindrisch‹ und ›sphärisch‹. Er erklärte mir — ich habe die Erklärung allerdings inzwischen wieder vergessen —, daß das, was ich beobachtet habe, die natürliche Folge der Formen schwimmender Bruchstücke sei, und er zeigte mir, warum ein in einem Strudel schwimmender Zylinder dem Sog mehr Widerstand leistet und schwerer hineingezogen wird als ein gleichgroßer Körper von einer beliebigen anderen Form.*
Es gab einen überraschenden Umstand, der diese Beobachtungen wesentlich stützte und mich bewog, ihn auszunützen, und das war die Tatsache, daß wir bei jeder Umdrehung an einem Faß oder einer Rahe oder dem Mast eines Schiffes vorbeikamen, während viele derartige Gegenstände, die auf unserer Höhe gewesen waren, als ich zum ersten Mal die Augen auf die Wunder des Strudels gerichtet hatte, nun weit über uns schwammen und sich nur wenig von ihrer ursprünglichen Position entfernt zu haben schienen.
Ich zögerte nicht länger. Ich beschloß, mich fest an das Wasserfaß zu binden, das ich umklammert hielt, es von der Gilling abzuschneiden und mich mit ihm ins Wasser zu werfen. Mit Gesten zog ich die Aufmerksamkeit meines Bruders auf mich, zeigte auf die schwimmenden Fässer in unserer Nähe

* Siehe Archimedes, »De Incidentibus in Fluido«, lib. II.

und tat alles, was in meinen Kräften stand, um ihm begreiflich zu machen, was ich vorhatte. Schließlich glaubte ich, er habe meine Absicht verstanden, aber, ob das nun der Fall war oder nicht, er schüttelte verzweifelt den Kopf und weigerte sich, seinen Platz am Ringbolzen zu verlassen. Es war unmöglich, ihn zu erreichen; schnelles Handeln in dieser Not war unerläßlich, und so überließ ich ihn nach einem bitteren inneren Kampf seinem Schicksal, band mich an das Faß mit den Tauen, mit denen es an der Gilling vertäut war, fest und stürzte mich, ohne noch einen Augenblick zu zögern, ins Meer.

Das Ergebnis entsprach genau dem, was ich erhofft hatte. Da ich selbst es bin, der Ihnen jetzt diese Geschichte erzählt — da Sie sehen, daß ich wirklich entkommen bin, und da Sie bereits die Art, wie diese Rettung vor sich ging, kennen und deshalb im voraus wissen, was ich noch zu berichten habe —, will ich meine Geschichte nun rasch zu Ende bringen. Etwa eine Stunde mochte vergangen sein, nachdem ich die Schmack verlassen hatte, als sie, bereits ein großes Stück unter mir, in schneller Folge drei oder vier wilde Umdrehungen machte und, meinen geliebten Bruder mit sich reißend, jählings für immer in das Schaumchaos unten stürzte. Das Faß, an das ich mich gebunden hatte, war nur wenig tiefer als die halbe Entfernung zwischen dem Grund des Schlundes und der Stelle, an der ich über Bord gesprungen war, gesunken, da änderte sich das Aussehen des Strudels merklich. Die Neigung der Seitenwände des gewaltigen Trichters wurde immer flacher. Die Wucht der Drehungen des Strudels ließ allmählich nach. Nach und nach verschwanden Schaum und Regenbogen, und der Boden des Schlundes schien sich langsam zu heben. Der Himmel war klar, der Wind hatte sich gelegt, und der Vollmond ging schimmernd im Westen unter, als ich mich an der Oberfläche des Meeres wiederfand, unmittelbar vor der Küste Lofotens und über der Stelle, wo der Trichter des Moskoestroms *gewesen war*. Es war Stillwasserzeit, doch das Meer wogte nach dem Orkan immer noch in gewaltigen Wellen. Ich wurde heftig in den Kanal des Stroms gerissen und in wenigen Minuten die Küste hinab zu den ›Gründen‹ der Fischer getrieben. Ein Boot nahm mich auf. Ich war völlig erschöpft und nun (da die Gefahr vorüber war) sprachlos durch die Erinnerung an all das Grauen. Die mich an Bord zogen, waren meine alten Kameraden und täglichen Gefährten — aber sie erkannten mich so wenig wie einen Reisenden aus dem Geisterland. Mein

Haar, das noch am Tag zuvor rabenschwarz gewesen war, war so weiß, wie Sie es jetzt sehen. Man sagt auch, daß sich der ganze Ausdruck meines Gesichts geändert habe. Ich erzählte ihnen meine Geschichte – sie glaubten mir nicht. Ich erzählte sie jetzt *Ihnen* – und ich darf kaum erwarten, daß Sie ihr mehr Glauben schenken als die fröhlichen Fischer von Lofoten.«

Die Reise der »Demeter«

Ausschnitt aus dem »Dailygraph«

Whitby, 8. August. – Hier hat es gerade einen der schwersten und plötzlichsten Stürme seit Menschengedenken gegeben, und seine Folgen waren ebenso merkwürdig wie einzigartig. Das Wetter war etwas schwül gewesen, aber keineswegs ungewöhnlich für den Monat August. Samstag abend war es noch wunderschön, und ganze Scharen von Urlaubern brachen gestern nach Mulgrave Woods, Robin Hood's Bay, Rig Mill, Runswick, Staithes und den verschiedenen Ausflugszielen in der Nachbarschaft von Whitby auf. Die Dampfer *Emma* und *Scarborough* machten Ausflugsfahrten die Küste entlang, und es gab viel Verkehr von und nach Whitby. Der Tag war ungewöhnlich schön – bis nachmittags, als ein paar Spaziergänger, die gern den Kirchhof auf der Ostklippe aufsuchen und von seiner gewaltigen Höhe aus die ungeheure Weite des Meeres, die sich nach Norden und Osten auftut, betrachten, auf sich plötzlich am nordwestlichen Himmel ausbreitende Zirruswolken hinwiesen. Der Wind wehte sanft aus Südwest; im meteorologischen Jargon hätte man ihn als »Nr. 2, leichte Brise« eingestuft. Der diensthabende Küstenwächter machte sofort Meldung, und ein alter Fischer, der seit mehr als einem halben Jahrhundert die Witterungsanzeichen von der Ostklippe beobachtet, sagte mit Nachdruck das Aufkommen eines jähen Sturmes voraus. Der Sonnenuntergang war so prachtvoll, so großartig mit seinen herrlich gefärbten Wolkenmassen, daß sich viele Menschen in dem alten Kirchhof auf der Klippe versammelten, um seine Schönheit zu bewundern. Bevor die Sonne hinter den schwarzen Massen von Kettleness versank, das sich scharf vom westlichen Himmel abhob, war ihr Weg durch Myriaden von Wolken in allen Farben des Regenbogens – feuerrot, purpurn, rosa, grün, violett und alle Tönungen in Gold – angedeutet; hie und da gab es auch kleinere, aber tiefschwarze Haufen in allen möglichen Formen, die wie grandiose Silhouetten am Himmel standen. Diesen Eindruck haben sich die Maler sicher nicht entgehen lassen, und im nächsten Mai werden bestimmt ein paar Bilder »Stille vor dem Sturm« die Wände des Königlichen Instituts und der Königlichen Akademie schmücken. Mehr als ein Kapitän hat da wohl augenblicklich beschlossen, sein »cobble« oder »mule«, wie man dort die verschiedenen Boote bezeichnet, im Hafen zu lassen, bis der Sturm vorbei war. Am Abend legte sich der Wind ganz, und um Mitternacht herrschte völlige Flaute; es lagen auch eine schwüle Hitze und jene intensive Spannung in der Luft, die beim Nahen eines Gewitters stark auf sensible Menschen einwirkt. Auf dem Meer waren kaum Lichter zu sehen, denn sogar die Küstendampfer, die normalerweise dicht am Ufer entlangfahren, hielten sich seewärts, und nur wenige Fischerboote waren in Sicht. Das einzige Segel, das sich zeigte, gehörte einem fremden Schoner, der alle Segel gesetzt hatte und anscheinend Kurs nach Westen hielt. Die Tollkühnheit oder die Unwissenheit seiner Offiziere waren ein ergiebiges Thema für kommentierende Zuschauer, solange er in Sicht blieb, und angesichts der Gefahr, in der er sich befand, versuchte man, ihn durch Signale zu bewegen, Segel zu reffen. Bis zum Einbruch der Nacht konnte man ihn beobachten, wie er sich mit schlaffen Segeln sanft auf der Dünung des Meeres wiegte, »so faul wie ein gemaltes Schiff auf den gemalten Wogen.«

Kurz vor zehn Uhr wurde die Stille der Luft bedrückend; das Schweigen war so tief, daß man das Blöken der Schafe landeinwärts oder das Bellen eines Hundes in der Stadt deutlich hören konnte, und das Orchester am Pier mit seinen spritzigen französischen Melodien war wie ein Mißklang in der großen Harmonie der Stille der Natur. Kurz nach Mitternacht ertönte ein fremdartiges Geräusch vom Meer her, und hoch oben in der Luft erhob sich ein seltsames, schwaches hohles Sausen.

Dann – ganz unvermittelt – brach der Sturm los. Mit einer fast unglaublichen Geschwindigkeit, die sogar jetzt im Nachhinein schwer vorzustellen ist, veränderte sich die ganze Natur schlagartig. Die Wellen erhoben sich mit wachsender Wut, einander überstürzend, bis sich nach wenigen Minuten das vordem spiegelglatte Meer in ein brüllendes und alles verschlingendes Ungeheuer verwandelt hatte. Weißschäumende Wellen schlugen wie wahnsinnig auf dic flachen Sandbänke und die schrägen Klippen hinauf; andere brachen über die Landungsstege, sprühten ihren Gischt an die Lichter der Leuchttürme, die sich am Ende der beiden Piers im Hafen von

Whitby erheben. Der Wind krachte wie Donner und blies mit solcher Wucht, daß selbst starke Männer Mühe hatten, sich auf den Beinen zu halten, oder sich mit aller Kraft an den eisernen Geländern festhielten. Alle Piers mußten von Zuschauern geräumt werden, sonst wären die Unfälle dieser Nacht auf ein Vielfaches angestiegen. Zu all diesen Schwierigkeiten und Gefahren kamen noch die Nebelschwaden hinzu, die vom Meer landeinwärts trieben — weiße, feuchte Wolken, die gespenstisch vorüberschwebten, so naß und klamm und kalt, daß man sich leicht einbilden konnte, die Geister der auf See Untergegangenen berührten ihre lebenden Brüder mit den feuchtkalten Händen des Todes, und manch einer schauderte, als die Nebelgirlanden vorübertrieben. Von Zeit zu Zeit zerriß der Nebel, und man konnte ein Stück weit das Meer im Leuchten der Blitze sehen, die nun unaufhörlich niederzuckten, von so heftigen Donnerschlägen begleitet, daß der ganze Himmel unter den Stößen des Sturmes zu erzittern schien. Diese Szenerie war von unsagbarer Großartigkeit und fesselndem Reiz — das Meer, das sich zu hohen Bergen türmte, warf mit jeder Woge gewaltige Ballen weißen Schaums gen Himmel, die der Sturm aufzufangen und ins All zu wirbeln schien; hie und da ein Fischerboot mit zerfetztem Segel, das in rasender Eile vor den Windstößen Schutz suchte; hie und da die weißen Flügel eines von Sturm umhergeschleuderten Seevogels. Auf dem Gipfel der Ostklippe stand — einsatzbereit, aber bisher noch nicht ausprobiert — der neue Scheinwerfer. Die diensttuende Mannschaft setzte ihn in Betrieb und bestrich mit seinem Strahl die Oberfläche des Meeres zwischen den treibenden Nebelschwaden. Ein- oder zweimal war er von großem Nutzen, wenn ein Fischerboot, über dessen Schanzdeck das Wasser schlug, eilig in den Hafen einfuhr und, von dem hilfreichen Lichtstrahl geleitet, der Gefahr, an den Piers zu zerschellen, entging. Jedesmal, wenn ein Boot sich in die Sicherheit des Hafens hatte retten können, stieg von der Menschenmasse am Ufer ein Jubelschrei auf, ein Schrei, der sekundenlang den Sturm zu spalten schien und dann von ihm davongerissen wurde. Es dauerte nicht lange, da entdeckte der Scheinwerfer in einiger Entfernung einen Schoner, der mit vollen Segeln fuhr, offensichtlich dasselbe Fahrzeug, das man schon früher am Abend bemerkt hatte. Inzwischen hatte der Wind nach Osten gedreht, und durch die Beobachter auf der Klippe ging ein Schauder, als ihnen die furchtbare Gefahr klar wurde, in der er nun schwebte. Zwischen ihm und dem Hafen lag das große, flache Riff, an dem so manches feste Schiff zerschellt ist, und bei der augenblicklichen Windrichtung schien es unmöglich, daß der Schoner die Hafeneinfahrt erreichen könnte. Es war nun fast die Zeit des Hochwassers, aber die Wogen türmten sich so hoch, daß man in den Wellentälern fast die Untiefen des Ufers sehen konnte, und der Schoner brauste mit vollen Segeln in solcher Geschwindigkeit einher, daß er nach den Worten eines alten Seemannes »irgendwo ankommen muß, und wenn's die Hölle ist«. Dann trieben neue Nebelschwaden vom Meer herbei, dichter und größer als alle bisherigen – eine Wolke feuchtkalten Nebels, der alles wie ein graues Leichentuch zu überziehen schien und den Menschen nur noch das Gehör ließ, denn das Brüllen des Sturmes und das Krachen des Donners und das Brausen der mächtigen Wogen drangen noch lauter als vorher durch das klamme Dunkel. Die Strahlen des Scheinwerfers waren über den Ostpier auf die Hafeneinfahrt geheftet, wo man mit dem Aufprall rechnete, und die Menschen warteten atemlos. Plötzlich schlug der Wind nach Nordost um, und der Rest des Nebels schmolz in seinen Stößen dahin, und dann, *mirabile dictu,* rauschte der fremde Schoner, von Welle zu Welle springend, mit rasender Geschwindigkeit und vollen Segeln vor dem Sturm einher und erreichte den sicheren Hafen. Der Scheinwerferstrahl folgte ihm, und ein Schauder durchfuhr alle, denn am Ruder war eine Leiche festgebunden, die mit hängendem Kopf auf gräßliche Weise bei jeder Bewegung des Schiffes hin und her schaukelte. Sonst war keine Gestalt auf Deck zu sehen. Tiefe ehrfürchtige Scheu überkam alle, als ihnen klar wurde, daß das Schiff wie durch ein Wunder den Hafen erreicht hatte, nur von der Hand eines toten Mannes gesteuert! Doch all das ereignete sich viel rascher, als man es schildern kann. Der Schoner hielt nicht an, sondern rauschte quer durch den Hafen und lief auf einen Berg von Sand und Kies auf, den viele Hochwasser und Stürme in die Südostecke der Landungsbrücke geschwemmt hatten, die sich am Fuß der Ostklippe erhob und von den Ansässigen Tate-Hill-Pier genannt wurde.

Es gab eine ungeheure Erschütterung, als das Schiff auf den Haufen auffuhr. Die Masten bogen sich, Taue und Stage waren zum Zerreißen gespannt, und ein Teil der oberen Takelage stürzte krachend herab. Doch am seltsamsten war, daß genau in dem Augenblick, als das Schiff ans Ufer stieß, ein riesiger Hund von unten an Deck geschossen kam, als habe ihn der Aufprall nach oben geschleudert, losrannte und vom Bug auf den Sand sprang. Er lief direkt zu der steilen Klippe, wo der Kirchhof so schroff über dem Weg zum Ostpier abfällt, daß manche der flachen Grabsteine an Stellen, wo die stützende Klippe abgebrochen ist, regelrecht überhängen, und verschwand in der Dunkelheit, die hinter dem Strahl des Scheinwerfers noch schwärzer zu sein schien.

In diesem Augenblick war nun gerade niemand auf dem Tate-Hill-Pier, denn alle, die in der Nähe wohnten, lagen entweder schon im Bett oder waren draußen auf den Anhöhen. So kam es, daß ein diensttuender Küstenwächter auf der östlichen Seite des Hafens, der sofort zu dem kleinen Pier hinunterlief, als erster an Bord kletterte. Nachdem die Leute am Scheinwerfer die Hafeneinfahrt abgesucht hatten, ohne etwas zu entdekken, richteten sie den Lichtstrahl auf das verlassene Schiff und ließen ihn darauf ruhen. Der Küstenwächter rannte nach achtern, und als er zum Steuer kam, beugte er sich darüber, um es zu untersuchen, und prallte zurück wie in heftigem Schrekken. Das schien eine allgemeine Neugier zu wecken, und viele Leute fingen an zu laufen. Es ist ein gutes Stück Weg von der Westklippe an der Zugbrücke vorbei bis zum Tate-Hill-Pier, doch Ihr Korrespondent ist ein ziemlich guter Läufer, und ich war den anderen deshalb voraus. Als ich ankam, fand ich am Pier jedoch schon eine ganze Menge versammelt, der Küstenwächter und Polizei den Zugang zum Schiff verwehrten. Durch das Entgegenkommen des ersten Bootsmannes erhielt ich als Ihr Korrespondent die Erlaubnis, an Deck zu klettern, und so gehörte ich zu einer kleinen Gruppe, die den toten Seemann sah, als er noch an das Steuerruder gebunden war.

Kein Wunder, daß der Küstenwächter überrascht oder sogar erschrocken war, denn ein solcher Anblick wird einem nicht oft geboten. Der Mann war nur an den übereinandergelegten Händen an eine Speiche des Steuerrades gebunden. Zwischen der unteren Hand und dem Holz stak ein Kruzifix; der Rosenkranz, an dem es hing, war um beide Handgelenke und das Rad gewunden und das Ganze nochmals mit Schnur umwikkelt. Der arme Bursche hatte wohl zunächst gesessen, doch das Flattern und Schlagen der Segel hatten das Steuerruder und damit auch ihn hin und her gestoßen, so daß die Stricke, mit denen er festgebunden war, sein Fleisch bis auf die Kno-

chen durchschnitten hatten. Alle diese Einzelheiten wurden genau notiert, und ein Arzt – Dr. J. N. Caffyn, East Elliot Place 33 –, der unmittelbar nach mir erschienen war, erklärte nach einer Untersuchung, der Mann müsse seit mindestens zwei Tagen tot sein. In seiner Tasche steckte eine sorgfältig zugekorkte Flasche, in der nur ein kleines, zusammengerolltes Stück Papier war, das sich als ein Nachtrag zum Logbuch erwies. Der Küstenwächter erklärte, der Mann müsse sich die Hände selbst gefesselt und die Knoten mit den Zähnen zugezogen haben. Die Tatsache, daß ein Küstenwächter der erste an Bord gewesen war, wird später die Untersuchung vor dem Admiralitätsgerichtshof vereinfachen, denn ein Küstenwächter kann keinen Anspruch auf Bergungsgut erheben, wie es das Recht eines Zivilisten ist, der als erster ein Wrack betritt. Dennoch fachsimpeln die Juristen bereits, und ein junger Jurastudent verkündet lauthals, die Rechte des Schiffseigentümers seien verfallen; hier trete das Gesetz eines unveräußerlichen Besitzes, das der sogenannten Toten Hand, in Kraft, da das Ruder, Symbol der Herrschaft über das Schiff, ja wirklich von einer toten Hand geführt worden sei. Der tote Rudergänger wurde selbstverständlich in aller Ehrfurcht von der Stelle entfernt, wo er bis zum Tode seine letzte Ehrenwache gehalten hatte, und bis zur gerichtlichen Untersuchung in der Leichenhalle aufgebahrt.
Der Wut des plötzlichen Sturmes läßt bereits nach, die Menschen eilen heimwärts, und der Himmel beginnt sich über den Wäldern von Yorkshire zu röten. Ich werde rechtzeitig für die nächste Ausgabe weitere Einzelheiten über das herrenlose Schiff schicken, das mitten im Sturm auf so wunderbare Weise den Weg in den Hafen fand.

Whitby, 9. August. – Das Nachspiel zu der seltsamen Ankunft des herrenlosen Schiffes im Sturm vergangene Nacht ist fast noch seltsamer als die Sache selbst. Es hat sich herausgestellt, daß der Schoner ein russisches Schiff aus Warna ist und »Demeter« heißt. Er hat fast nur Silbersandballast geladen und nur wenig Fracht – eine Anzahl großer Holzkisten mit Erde. Diese Fracht war an einen Rechtsanwalt von Whitby, Mr. S. F. Billington, The Crescent 7, adressiert, der heute morgen an Bord ging, um formell die Sendung in Empfang zu nehmen. Der russische Konsul ergriff ebenfalls – im Namen der Eigentümer – formell Besitz von dem Schiff und entrichtete alle Hafengebühren etc. Heute wird hier von nichts anderem gesprochen als von diesem seltsamen Ereignis; die Beamten des Handelsministeriums achteten peinlich darauf, daß alle Vorschriften genau eingehalten wurden. Da die Angelegenheit eine — allerdings kurzlebige — Sensation ist, geben sie sich offensichtlich alle Mühe, eventuelle spätere Reklamationen auszuschließen. Das allgemeine Interesse konzentriert sich auch auf den Hund, der an Land sprang, als das Schiff strandete, und viele Mitglieder des Tierschutzvereins, der in Whitby großen Einfluß hat, wollten sich des Tieres annehmen. Zur allgemeinen Enttäuschung war es jedoch nirgends zu finden; es scheint aus der Stadt verschwunden zu sein. Vielleicht ist es in seinem Schrecken zum Moor gelaufen, wo es sich nun verängstigt versteckt. Manche Leute denken mit Sorge daran, daß es sich auf diese Weise als Gefahr entpuppen könnte, denn es ist zweifellos ein wildes Tier. Heute morgen wurde ein großer Hund, eine nicht ganz rassereine Bulldogge, die einem Kohlenhändler in der Nähe des Tate-Hill-Piers gehört, tot auf der Straße vor dem Haus seines Herrn gefunden. Sie hatte gekämpft und zwar offenbar mit einem wütenden Gegner, denn ihr Hals war zerbissen und ihr Bauch wie von einer scharfen Klaue aufgeschlitzt.

Später. — Durch die Freundlichkeit des Inspektors vom Handelsministerium wurde mir gestattet, das Logbuch der »Demeter« einzusehen. Bis vor drei Tagen war es noch ordentlich geführt, enthielt aber nichts von besonderem Interesse, außer Eintragungen, die sich auf vermißte Mannschaftsmitglieder bezogen. Aufschlußreicher ist das in der Flasche gefundene Papier, das heute bei der gerichtlichen Untersuchung vorgelegt wurde. Auf eine seltsamere Geschichte als die, wie sie aus diesen beiden Aufzeichnungen hervorgeht, bin ich in meinem ganzen Leben nicht gestoßen. Da kein Grund vorliegt, die Sache zu verheimlichen, wurde mir erlaubt, sie auszuwerten. Hier also eine Abschrift, in der nur einige seemännische und technische Details ausgelassen sind. Es scheint fast, als habe den Kapitän, bevor er in See stach, eine Art Wahnsinn erfaßt, der sich während der Reise stetig weiter entwickelte. Mein Bericht sollte natürlich *cum grano* genommen werden. Ich habe ihn, da die Zeit drängt, nach dem Diktat eines Angestellten des russischen Konsuls geschrieben, der so freundlich war, mir das Manuskript zu übersetzen.

DAS LOGBUCH DER »DEMETER«

VON WARNA NACH WHITBY

Geschrieben am 18. Juli. Derart merkwürdige Vorfälle, will daher von jetzt an bis zur Landung alles sorgfältig notieren.

Am 6. Juli nahmen wir Ladung an Bord, Silbersand und Kisten mit Erde. Setzten mittags Segel. Ostwind, frisch. Mannschaft: fünf Mann, zwei Maate, Koch und ich (Kapitän).
Am 11. Juli bei Sonnenaufgang Einfahrt in den Bosporus. Türkische Zollbeamte kamen an Bord. Bakschisch. Alles in Ordnung. Weiterfahrt um 16 Uhr.
Am 12. Juli durch die Dardanellen. Weitere Zollbeamte und Flaggschiff der Wachflotte. Wieder Bakschisch. Beamte arbeiteten gründlich, aber schnell. Wollten uns rasch los sein. Bei Dunkelheit Einfahrt in den Archipel.
Am 13. Juli Kap Matapan passiert. Mannschaft mit etwas unzufrieden. Schien erschreckt, wollte aber nichts sagen.
Am 14. Juli Sorgen wegen Mannschaft. Alles zuverlässige Burschen, die schon früher mit mir gesegelt sind. Maat konnte nicht feststellen, was los war; sie sagten ihm nur, da wäre *etwas*, und bekreuzigten sich. Maat verlor die Geduld mit einem und schlug ihn. Erwartete wüsten Streit, aber alles blieb ruhig.
Am 16. Juli berichtete Maat morgens, daß ein Matrose, Petrowskij, vermißt werde. Hatte keine Erklärung dafür. Hatte Backbordwache 8 Glasen letzte Nacht, wurde von Abramow abgelöst, ging aber nicht in seine Koje. Mannschaft noch niedergeschlagener. Behaupteten alle, etwas Ähnliches erwartet zu haben, wollten aber nicht mehr sagen, als daß *etwas* an Bord sei. Maat sehr ungeduldig mit ihnen, hatte Angst, es würde Ärger geben.
Am 17. Juli, gestern, kam einer der Männer, Olgaren, in meine Kajüte und vertraute mir furchtsam an, er glaube, ein fremder Mann sei an Bord. Er sagte, während seiner Wache hätte er vor einer Regenbö hinter dem Deckhaus Schutz gesucht, und da hätte er einen großen, hageren Mann erblickt, der nicht wie einer von der Mannschaft ausgesehen hätte, den Niedergang heraufgekommen, übers Deck nach vorn gegangen und dann verschwunden wäre. Er folgte ihm vorsichtig,

aber als er zum Bug kam, war niemand da, und die Luken waren alle geschlossen. Er zitterte vor abergläubischer Angst, und ich fürchte eine Panik. Um das zu verhindern, werde ich heute das ganze Schiff sorgfältig von Bug bis Heck durchsuchen lassen.

Später am Tag rief ich die ganze Mannschaft zusammen und sagte ihnen, da sie offensichtlich der Meinung wären, daß sich ein Fremder auf dem Schiff befinde, würden wir es von Bug bis Heck durchsuchen. Erster Maat wütend, sagte, das wäre Blödsinn, und so albernen Einbildungen nachzugehen, würde die Männer demoralisieren, sagte auch, er wäre bereit, mit einer Handspake jede Gefahr von ihnen abzuhalten. Ich überließ ihm das Ruder, und die Männer begannen Seite an Seite mit Laternen eine sorgfältige Suche; wie ließen keine Ecke aus. Da wir nur die großen Holzkisten geladen hatten, gab es keine Ecken, wo sich ein Mann hätte verstecken können. Männer sichtlich erleichtert, als die Suche beendet war, gingen fröhlich an ihre Arbeit zurück. Erster Maat brummig, sagte aber nichts mehr.

22. *Juli.* – Schlechtes Wetter in den letzten drei Tagen und alle Mann an den Segeln – keine Zeit für Angst. Die Leute scheinen ihre Furcht vergessen zu haben. Maat wieder besserer Laune, alle kommen gut miteinander aus. Lobte die Männer für ihre Arbeit beim schlechten Wetter. Passierten Gibraltar und dann aufs offene Meer hinaus. Alles in Ordnung.

24. *Juli.* – Über diesem Schiff scheint ein Fluch zu liegen. Haben schon einen Mann zu wenig, fahren bei stürmischer See in den Golf von Biscaya ein, und nun letzte Nacht einen weiteren Mann verloren – verschwunden. Übergab wie der erste seine Wache und wurde nicht mehr gesehen. Männer alle in Panik, schickten Bittschrift, baten, zu zweit Wache gehen zu dürfen, fürchten sich allein. Maat wütend. Fürchte, es wird Ärger geben, weil entweder er oder die Männer gewalttätig werden.

28. *Juli.* – Vier Tage in der Hölle, wurden in einer Art Strudel herumgeworfen, Wind stürmisch. Kein Schlaf. Männer total erschöpft. Weiß nicht, wen ich auf Wache schicken soll, da keiner mehr dazu imstande ist. Zweiter Maat meldete sich freiwillig für Ruder und Wache, damit die Männer ein paar Stunden schlafen konnten. Wind läßt nach, Seegang immer noch hoch, aber nicht mehr so schlimm, Schiff schlingert weniger.

29. Juli. — Wieder Tragödie. Stellte heute nacht nur Einzelwachen auf, da Mannschaft für doppelte Wache zu müde war. Morgenwache fand an Deck niemand außer dem Rudergänger. Schrie laut, und alle stürzten an Deck. Alles gründlich durchsucht, aber nichts zu finden. Sind nun ohne Zweiten Maat, Mannschaft in Panik. Maat und ich kamen überein, von nun an ständig bewaffnet zu sein und auf jedes kleine Anzeichen zu achten.

30. Juli. — Letzte Nacht. Froh, daß wir uns England nähern. Wetter gut, alle Segel gesetzt. Zog mich erschöpft zurück, schlief gut, wurde vom Maat geweckt, der berichtete, daß beide Wachhabenden und Rudergänger vermißt würden. Nur ich, der Maat und zwei Matrosen zur Bedienung des Schiffes übrig.

1. August. — Zwei Tage Nebel, kein Segel gesichtet. Hatten gehofft, wir könnten im Ärmelkanal ein Notsignal geben oder irgendwo anlegen. Haben zu wenig Männer, um Segel zu setzen oder zu reffen, müssen daher vor dem Wind segeln. Habe das Gefühl, daß wir auf einen schrecklichen Untergang zutreiben. Maat jetzt niedergeschlagener als die beiden andern. Seine stärkere Natur scheint innerlich gegen ihn selbst zu arbeiten. Die Männer sind über die Furcht hinaus, arbeiten teilnahmslos und geduldig, auf das Schlimmste gefaßt. Sie sind Russen, er ist Rumäne.

2. August, Mitternacht. — Wurde nach einigen Minuten Schlaf durch einen Schrei geweckt, anscheinend vor meinem Backbordfenster. Konnte im Nebel nichts sehen. Rannte an Deck und stieß gegen den Maat. Sagt, er hörte Schrei und lief hinaus, aber vom Wachhabenden nichts zu sehen. Wieder einen verloren. Herr, hilf uns! Maat sagt, wir hätten die Straße von Dover schon passiert, er habe in einem Augenblick, als der Nebel sich lichtete, North Foreland erkannt, und das war gerade, als er den Mann schreien hörte. Wenn das stimmt, sind wir jetzt in der Nordsee, und nur Gott kann uns im Nebel führen, der offenbar mit uns treibt, aber Gott scheint uns verlassen zu haben.

3. August. — Um Mitternacht ging ich, den Mann am Steuer abzulösen, doch als ich dort hinkam, fand ich niemand vor. Der Wind war stetig, und da wir vor ihm segelten, liefen wir nicht aus dem Kurs. Ich wagte nicht, das Ruder sich selbst zu überlassen, und rief nach dem Maat. Gleich darauf kam er in Unterwäsche an Deck gerannt. Er schaute wild und verstört drein, und ich fürchte sehr, er verliert den Verstand. Er trat dicht an mich heran und flüsterte mir heiser ins Ohr, als fürchte er, selbst die Luft könne ihn belauschen: »*Es* ist hier, ich weiß es jetzt. Auf Wache letzte Nacht habe ich *es* gesehen, *es* sieht aus wie ein Mann, groß und hager und gespenstisch bleich. *Es* stand am Bug und schaute aufs Meer. Ich schlich mich von hinten an und stach mit dem Messer auf *es* ein, aber das Messer ging glatt durch, wie durch Luft.« Bei diesen Worten nahm er sein Messer und schwang es wild in der Luft herum. Dann fuhr er fort: »Aber *es* ist hier, und ich werde *es* finden. Vielleicht ist *es* im Laderaum, in einer von den Kisten. Ich schraube sie jetzt alle nacheinander auf und sehe nach. Bleiben Sie am Ruder.« Und mit einem warnenden Blick, den Finger auf den Lippen, ging er nach unten. Ein böiger Wind kam auf, und ich konnte das Ruder nicht verlassen. Ich sah ihn, wie er mit einem Werkzeugkasten und einer Laterne wieder an Deck kam und durch die vordere Luke hinunterstieg. Er ist wahnsinnig, und es ist sinnlos, ihn aufzuhalten. Den großen Kisten kann er nichts anhaben; sie sind als »Erde« deklariert, und er kann sie ruhig ein bißchen herumschieben. Also bleibe ich hier, achte auf das Ruder und schreibe diese Notizen. Ich kann nur auf Gott vertrauen und warten, bis der Nebel sich lichtet. Und wenn ich dann nicht mit dem Wind einen Hafen anlaufen kann, kappe ich die Segel, drehe bei und signalisiere um Hilfe . . .

Jetzt ist bald alles vorbei. Als ich schon zu hoffen begann, der Maat würde ruhiger wieder nach oben kommen – ich hörte ihn im Laderaum auf irgendetwas einschlagen, und Arbeit ist gut für ihn –, da kam aus der Luke ein plötzlicher, entsetzter Schrei, von dem mein Blut in den Adern gerann, und er kam buchstäblich an Deck geschossen – ein rasender Verrückter, mit rollenden Augen und von Furcht verzerrtem Gesicht. »Rettet mich! Rettet mich!« rief er und schaute rundum auf die Nebelwand. Sein Grauen wandelte sich in Verzweiflung, und mit ruhigerer Stimme sagte er: »Kommen Sie lieber mit, Kapitän, bevor es zu spät ist. *Er* ist da. Ich kenne das Geheimnis jetzt. Die See wird mich vor *ihm* retten, das ist der einzige Ausweg!« Bevor ich ein Wort sagen oder mich rühren und ihn packen konnte, sprang er auf die Reling und warf sich ins Meer. Ich glaube, ich kenne das Geheimnis jetzt auch. Es war dieser Wahnsinnige, der nach und nach die Männer beseitigt hat, und nun ist er ihnen selbst gefolgt. Gott helfe mir! Wie soll ich über all diese Gräßlichkeiten Rechenschaft ablegen, wenn ich in den Hafen komme? *Wenn* ich in den Hafen komme! Wird das je der Fall sein?

4. *August.* — Immer noch Nebel, den die aufgehende Sonne nicht durchdringt. Als Seemann weiß ich eben, daß die Sonne aufgeht, ein anderes Anzeichen gibt es nicht. Ich wagte nicht, nach unten zu gehen, ich wagte nicht, das Ruder zu verlassen, also blieb ich die ganze Nacht über hier, und in der Düsterkeit der Nacht sah ich *es — ihn!* Gott vergebe mir, aber der Maat tat recht daran, über Bord zu springen. Es ist besser, wie ein Mann zu sterben; es ist nichts dagegen einzuwenden, wenn ein Seemann in den Fluten des Meeres den Tod sucht, aber ich bin Kapitän und darf mein Schiff nicht verlassen. Ich werde diesem Satan, diesem Ungeheuer, diesem Vampir, einen Strich durch die Rechnung machen, denn ich werde meine Hände an das Steuerruder binden, wenn meine Kraft mich im Stich zu lassen beginnt, und mit ihnen werde ich das anbinden, was *er — es!* — nicht berühren kann. Und so habe ich dann, ob nun gutes oder schlechtes Wetter kommt, meine Seele gerettet und meine Ehre als Kapitän. Ich werde bereits schwächer, und die Nacht bricht ein. Wenn *er* mir nochmals ins Gesicht schauen kann, habe ich vielleicht keine Zeit mehr zu handeln . . . Falls ich Schiffbruch erleide, wird vielleicht diese Flasche gefunden, und diejenigen, die sie finden, werden hoffentlich verstehen; wenn nicht . . . nun, dann sollen alle Menschen wissen, daß ich meiner Pflicht treu geblieben bin. Gott und die heilige Jungfrau und alle Heiligen, helft einer armen, unwissenden Seele, die versucht, ihre Pflicht zu tun . . .

Natürlich gab es einen Wahrspruch ohne Nennung des Täters. Es liegen keine Beweise vor, und ob der Mann nun selbst die Morde begangen hat oder nicht, darüber kann niemand mehr aussagen. Die Leute hier sind fast einmütig der Meinung, daß der Kapitän einfach ein Held ist und ein öffentliches Begräbnis bekommen muß. Es sind bereits Vorkehrungen getroffen worden — ein Bootskonvoi soll seine Leiche ein Stück den Esk hinauf und dann zurück zum Tate-Hill-Pier geleiten; dann wird sie die Abteitreppe hinaufgetragen, denn sie soll auf dem Klippenkirchhof begraben werden. Die Besitzer von über hundert Booten haben sich schon bereit erklärt, dem Kapitän das letzte Geleit zu geben.

Von dem großen Hund hat man keine Spur mehr gefunden, was überall großes Bedauern ausgelöst hat, denn bei der augenblicklichen Einstellung der Bevölkerung würde er, glaube ich, von der Stadt verpflegt und erhalten werden. Morgen findet das Begräbnis statt, und damit hat auch dieses »Geheimnis des Meeres« sein Ende.

Die Geschichte von dem Gespensterschiff

Mein Vater hatte einen kleinen Laden in Balsora. Er war weder arm noch reich und einer von jenen Leuten, die nicht gerne etwas wagen, aus Furcht, das Wenige zu verlieren, was sie haben. Er erzog mich schlicht und recht und brachte es bald so weit, daß ich ihm an die Hand gehen konnte. Gerade als ich achtzehn Jahre alt war und er eben die erste größere Spekulation machte, starb er, wahrscheinlich aus Gram, tausend Goldstücke dem Meere anvertraut zu haben. Ich mußte ihn bald nachher wegen seines Todes glücklich preisen, denn wenige Wochen hernach lief die Nachricht ein, daß das Schiff, dem mein Vater seine Güter mitgegeben hatte, versunken sei. Meinen jugendlichen Mut konnte aber dieser Unfall nicht beugen. Ich machte alles vollends zu Geld, was mein Vater hinterlassen hatte, und zog aus, um in der Fremde mein Glück zu suchen, nur von einem alten Diener meines Vaters begleitet, der sich aus Anhänglichkeit nicht von mir und meinem Schicksal trennen wollte.

Im Hafen von Balsora schifften wir uns mit günstigem Winde ein. Das Schiff, auf dem ich mich eingemietet hatte, war nach Indien bestimmt. Wir waren schon fünfzehn Tage auf der gewöhnlichen Straße gefahren, als uns der Kapitän einen Sturm verkündete. Er machte ein bedenkliches Gesicht, denn es schien, er kenne in dieser Gegend das Fahrwasser nicht genug, um einem Sturm mit Ruhe begegnen zu können. Er ließ alle Segel einziehen, und wir trieben ganz langsam hin. Die Nacht war angebrochen, es war hell und kalt, und der Kapitän glaubte schon, sich in den Anzeichen des Sturmes getäuscht zu haben. Auf einmal schwebte ein Schiff, das wir vorher nicht gesehen hatten, dicht an dem unsrigen vorbei. Wildes Jauchzen und Geschrei erscholl von dem Verdeck herauf, worüber ich mich, zu dieser angstvollen Stunde vor einem Sturm, nicht wenig wunderte. Aber der Kapitän an meiner Seite wurde blaß wie der Tod. »Mein Schiff ist verloren«, rief er, »dort segelt der Tod!«

Ehe ich ihn noch über diesen sonderbaren Ausruf befragen

konnte, stürzten schon heulend und schreiend die Matrosen herein: »Habt ihr ihn gesehen?« schrien sie, »jetzt ist's mit uns vorbei!«
Der Kapitän aber ließ Trostsprüche aus dem Koran vorlesen und setzte sich selbst ans Steuerruder. Aber vergebens! Zusehends brauste der Sturm auf, und ehe eine Stunde verging, krachte das Schiff und blieb sitzen. Die Boote wurden ausgesetzt, und kaum hatten sich die letzten Matrosen gerettet, so versank das Schiff vor unsern Augen, und als ein Bettler fuhr ich in die See hinaus. Aber der Jammer hatte noch kein Ende. Fürchterlicher tobte der Sturm, das Boot war nicht mehr zu regieren. Ich hatte meinen alten Diener fest umschlungen, und wir versprachen uns, nie voneinander zu weichen. Endlich brach der Tag an. Aber mit dem ersten Anblick der Morgenröte faßte der Wind das Boot, in welchem wir saßen, und stürzte es um. Ich habe keinen meiner Schiffsleute mehr gesehen. Der Sturm hatte mich betäubt; und als ich aufwachte, befand ich mich in den Armen meines alten, treuen Dieners, der sich auf das umgeschlagene Boot gerettet und mich nachgezogen hatte. Der Sturm hatte sich gelegt. Von unserem Schiff war nichts mehr zu sehen, wohl aber entdeckten wir nicht weit von uns ein anderes Schiff, auf das die Wellen uns hintrieben. Als wir näher hinzukamen, erkannte ich das Schiff als dasselbe, das in der Nacht an uns vorbeigefahren und welches den Kapitän so sehr in Schrecken gesetzt hatte. Ich empfand ein sonderbares Grauen vor diesem Schiffe. Die Äußerung des Kapitäns, die sich so furchtbar bestätigt hatte, das öde Aussehen des Schiffes, auf dem sich, so nahe wir auch herankamen, so laut wir schrien, niemand zeigte, erschreckte mich. Doch es war dies unser einziges Rettungsmittel, darum priesen wir den Propheten, der uns so wundervoll erhalten hatte.
Am Vorderteil des Schiffes hing ein langes Tau herab. Mit Händen und Füßen ruderten wir darauf zu, um es zu erfassen. Endlich glückte es. Laut erhob ich meine Stimme, aber immer blieb es still auf dem Schiff. Da klommen wir an dem Tau hinauf, ich als der Jüngste voran. Aber Entsetzen! Welches Schauspiel stellte sich meinem Auge dar, als ich das Verdeck betrat! Der Boden war mit Blut gerötet, zwanzig bis dreißig Leichname in türkischen Kleidern lagen auf dem Boden, am mittleren Mastbaum stand ein Mann, reich gekleidet, den Säbel in der Hand, aber das Gesicht war blaß und verzerrt, durch

die Stirn ging ein großer Nagel, der ihn an den Mastbaum heftete, auch er war tot. Schrecken fesselte meine Schritte, ich wagte kaum zu atmen. Endlich war auch mein Begleiter heraufgekommen. Auch ihn überraschte der Anblick des Verdekkes, das gar nichts Lebendiges, sondern nur so viele schreckliche Leichname zeigte. Wir wagten es endlich, nachdem wir voller Seelenangst zum Propheten gefleht hatten, weiter vorzuschreiten. Bei jedem Schritte sahen wir uns um, ob nicht etwas Neues, noch Schrecklicheres sich darbiete. Aber alles blieb, wie es war. Weit und breit nichts Lebendiges, nur wir und das Weltmeer. Nicht einmal laut zu sprechen wagten wir, aus Furcht, der tote, am Mast angespießte Capitano möchte seine starren Augen nach uns hindrehen, oder einer der Getöteten möchte seinen Kopf umwenden. Endlich waren wir bis an eine Treppe gekommen, die in den Schiffsraum führte. Unwillkürlich machten wir dort halt und sahen einander an, denn keiner wagte es recht, seine Gedanken zu äußern.

»O Herr«, sprach mein treuer Diener, »hier ist etwas Schreckliches geschehen. Doch wenn auch das Schiff da unten voll Mörder steckt, so will ich mich ihnen doch lieber auf Gnade und Ungnade ergeben als längere Zeit unter diesen Toten zubringen.«

Ich dachte wie er, wir faßten ein Herz und stiegen voll Erwartung hinunter. Totenstille war aber auch hier, und nur unsere Schritte hallten auf der Treppe. Wir standen an der Tür der Kajüte. Ich legte mein Ohr an die Tür und lauschte; es war nichts zu hören. Ich machte auf. Das Gemach bot einen unordentlichen Anblick dar. Kleider, Waffen und anderes Gerät lagen untereinander. Nichts in Ordnung. Die Mannschaft oder wenigstens der Capitano mußte vor kurzem gezecht haben, denn es lag alles noch umher. Wir gingen weiter von Raum zu Raum, von Gemach zu Gemach, überall fanden wir herrliche Vorräte in Seide, Perlen, Zucker und so weiter. Ich war vor Freude über diesen Anblick außer mir, denn da niemand auf dem Schiffe war, glaubte ich, alles mir zueignen zu dürfen, Ibrahim machte mich aber aufmerksam darauf, daß wir wahrscheinlich noch sehr weit vom Land seien, wohin wir allein und ohne menschliche Hilfe nicht kommen könnten.

Wir labten uns an den Speisen und Getränken, die wir in reichlichem Maß vorfanden, und stiegen endlich wieder aufs Verdeck. Aber hier schauderte uns immer die Haut ob dem schrecklichen Anblick der Leichen. Wir beschlossen, uns davon

zu befreien und sie über Bord zu werfen. Aber wie schauerlich ward uns zumute, als wir fanden, daß sich keiner aus seiner Lage bewegen ließ. Wie festgebannt lagen sie am Boden, und man hätte die Bretter des Verdecks ausheben müssen, um sie zu entfernen, und dazu fehlte es uns an Werkzeugen. Auch der Capitano ließ sich nicht von seinem Mast losmachen, nicht einmal seinen Säbel konnten wir der starren Hand entwinden. Wir brachten den Tag in trauriger Betrachtung unserer Lage zu, und als es Nacht zu werden anfing, erlaubte ich dem alten Ibrahim, sich schlafen zu legen, ich selbst aber wollte auf dem Verdeck wachen, um nach Rettung auszuspähen. Als aber der Mond heraufkam und ich nach den Gestirnen berechnete, daß es wohl die elfte Stunde sei, überfiel mich ein so unwiderstehlicher Schlaf, daß ich unwillkürlich hinter ein Faß, das auf dem Verdeck stand, zurückfiel. Doch war es mehr Betäubung als Schlaf, denn ich hörte deutlich die See an der Seite des Schiffes anschlagen und die Segel im Winde knarren und pfeifen. Auf einmal glaubte ich, Stimmen und Männertritte auf dem Verdeck zu hören. Ich wollte mich aufrichten, um danach zu schauen. Aber eine unsichtbare Gewalt hielt meine Glieder gefesselt, nicht einmal die Augen konnte ich aufschlagen. Aber immer deutlicher wurden die Stimmen, es war mir, als wenn ein fröhliches Schiffsvolk auf dem Verdeck sich umhertriebe. Mitunter glaubte ich, die kräftige Stimme eines Befehlenden zu hören, auch hörte ich Taue und Segel deutlich auf und ab ziehen. Nach und nach aber schwanden mir die Sinne, ich verfiel in einen tieferen Schlaf, in dem ich nur noch ein Geräusch von Waffen zu hören glaubte, und erwachte erst, als die Sonne schon hoch stand und mir aufs Gesicht brannte. Verwundert schaute ich mich um, Sturm, Schiff, die Toten und was ich in der Nacht gehört, alles kam mir wie ein Traum vor, aber als ich aufblickte, fand ich alles wie gestern. Unbeweglich lagen die Toten, unbeweglich war der Capitano an den Mastbaum geheftet. Ich lachte über meinen Traum und stand auf, um meinen Alten zu suchen.
Dieser saß ganz nachdenklich in der Kajüte. »O Herr!« rief er aus, als ich zu ihm hereintrat, »ich wollte lieber im tiefsten Grunde des Meeres liegen, als in diesem verhexten Schiff noch eine Nacht zubringen.«
Ich fragte ihn nach der Ursache seines Kummers, und er antwortete mir: »Als ich einige Stunden geschlafen hatte, wachte ich auf und vernahm, wie man über meinem Haupte hin und

her lief. Ich dachte zuerst, Ihr wäret es, aber es waren wenigstens zwanzig, die oben umherliefen, auch hörte ich rufen und schreien. Endlich kamen schwere Tritte die Treppe herab. Da wußte ich nichts mehr von mir, nur hie und da kehrte auf einige Augenblicke meine Besinnung zurück, und da sah ich denn denselben Mann, der oben am Mast angenagelt ist, an jenem Tisch dort sitzen, singend und trinkend, aber der, der in einem roten Scharlachkleid nicht weit von ihm am Boden liegt, saß neben ihm und half ihm trinken.« Also erzählte mir mein alter Diener.

Ihr könnt es mir glauben, meine Freunde, daß mir gar nicht wohl zumute war; denn es war keine Täuschung, ich hatte ja auch die Toten gar wohl gehört. In solcher Gesellschaft zu sein, war mir greulich. Mein Ibrahim aber versank in tiefes Nachdenken. »Jetzt hab' ich's!« rief er endlich aus; es fiel ihm nämlich ein Sprüchlein ein, das ihn sein Großvater, ein erfahrener, weitgereister Mann, gelehrt hatte, und das gegen jeden Geister- und Zauberspuk helfen konnte; auch behauptete er, jenen unnatürlichen Schlaf, der uns befiel, in der nächsten Nacht verhindern zu können, wenn wir nämlich recht fleißig Sprüche aus dem Koran beteten. Der Vorschlag des alten Mannes gefiel mir wohl. In banger Erwartung sahen wir die Nacht herankommen. Neben der Kajüte war ein kleines Kämmerchen, dorthin beschlossen wir uns zurückzuziehen. Wir bohrten mehrere Löcher in die Türe, hinlänglich groß, um durch sie die ganze Kajüte zu überschauen; dann verschlossen wir die Türe, so gut es ging, von innen, und Ibrahim schrieb den Namen des Propheten in alle vier Ecken. So erwarteten wir die Schrecken der Nacht. Es mochte wieder ungefähr elf Uhr sein, als es mich gewaltig zu schläfern anfing. Mein Gefährte riet mir daher, einige Sprüche des Korans zu beten, was mir auch half. Mit einem Male schien es oben lebhaft zu werden, die Taue knarrten, Schritte gingen über das Verdeck, und mehrere Stimmen waren deutlich zu unterscheiden. Mehrere Minuten hatten wir so in gespannter Erwartung gesessen, da hörten wir etwas die Treppe der Kajüte herabkommen. Als dies der Alte hörte, fing er an, den Spruch, den ihn sein Großvater gegen Zauberei gelehrt hatte, herzusagen:

»Kommt ihr herab aus der Luft,
steigt ihr aus tiefem Meer,
schlieft ihr in dunkler Gruft,

stammt ihr vom Feuer her:
Allah ist euer Herr und Meister,
ihm sind gehorsam alle Geister.«

Ich muß gestehen, ich glaubte gar nicht recht an diesen Spruch, und mir stieg das Haar zu Berg, als die Türe aufflog. Herein trat jener große, stattliche Mann, den ich am Mastbaum angenagelt gesehen hatte. Der Nagel ging ihm auch jetzt mitten durchs Hirn, das Schwert aber hatte er in die Scheide gesteckt, hinter ihm trat noch ein anderer herein, weniger kostbar gekleidet; auch ihn hatte ich oben liegen sehen. Der Capitano, denn dies war er unverkennbar, hatte ein bleiches Gesicht, einen großen schwarzen Bart, wild rollende Augen, mit denen er sich im ganzen Gemach umsah. Ich konnte ihn ganz deutlich sehen, als er an unserer Türe vorüberging; er aber schien gar nicht auf die Türe zu achten, die uns verbarg. Beide setzten sich an den Tisch, der in der Mitte der Kajüte stand, und sprachen laut und fast schreiend miteinander in einer unbekannten Sprache. Sie wurden immer lauter und eifriger, bis endlich der Capitano mit geballter Faust auf den Tisch hineinschlug, daß das Zimmer dröhnte. Mit wildem Gelächter sprang der andere auf und winkte dem Capitano, ihm zu folgen. Dieser stand auf, riß seinen Säbel aus der Scheide, und beide verließen das Gemach. Wir atmeten freier, als sie weg waren – aber unsere Angst hatte noch lange kein Ende. Immer lauter und lauter ward es auf dem Verdeck. Man hörte eilends hin- und herlaufen und schreien, lachen und heulen. Endlich ging ein wahrhaft höllischer Lärm los, so daß wir glaubten, das Verdeck mit allen Segeln komme zu uns herab, Waffengeklirr und Geschrei – auf einmal aber tiefe Stille. Als wir nach vielen Stunden hinauszugehen wagten, trafen wir alles wie sonst; nicht einer lag anders als früher, alle waren steif wie Holz.
So waren wir mehrere Tage auf dem Schiffe; es ging immer nach Osten, wo nach meiner Berechnung Land liegen mußte, aber wenn es auch bei Tag viele Meilen zurückgelegt hatte, bei Nacht schien es immer wieder zurückzukehren, denn wir befanden uns immer wieder am nämlichen Fleck, wenn die Sonne aufging. Wir konnten uns dies nicht anders erklären, als daß die Toten jede Nacht mit vollem Winde zurücksegelten. Um nun dies zu verhüten, zogen wir, ehe es Nacht wurde, alle Segel ein und wandten dasselbe Mittel an wie bei der

Türe in der Kajüte; wir schrieben den Namen des Propheten auf Pergament und auch das Sprüchlein des Großvaters dazu und banden es um die eingezogenen Segel. Ängstlich warteten wir in unserem Kämmerchen den Erfolg ab. Der Spuk schien diesmal noch ärger zu toben, aber siehe, am andern Morgen waren die Segel noch aufgerollt, wie wir sie verlassen hatten. Wir spannten den Tag über nur so viele Segel auf, wie nötig waren, das Schiff sanft fortzutreiben, und so legten wir in fünf Tagen eine gute Strecke zurück.
Endlich am Morgen des sechsten Tages entdeckten wir in geringer Ferne Land, und wir dankten Allah und seinem Propheten für unsere wunderbare Rettung. Diesen Tag und die folgende Nacht trieben wir an einer Küste hin, und am siebenten Morgen glaubten wir in geringer Entfernung eine Stadt zu entdecken; wir ließen mit vieler Mühe einen Anker in die See, der alsobald Grund faßte, setzten ein kleines Boot, das auf dem Verdeck stand, aus und ruderten mit aller Macht der Stadt zu. Nach einer halben Stunde liefen wir in einen Fluß ein, der sich in die See ergoß, und stiegen ans Ufer. Im Stadttor erkundigten wir uns, wie die Stadt heiße, und erfuhren, daß es eine indische Stadt sei, nicht weit von der Gegend, wohin ich zuerst zu schiffen vorhatte. Wir begaben uns in eine Karawanserei und erfrischten uns von unserer abenteuerlichen Reise. Ich forschte daselbst auch nach einem weisen und verständigen Mann, indem ich dem Wirt zu verstehen gab, daß ich einen solchen haben möchte, der sich ein wenig auf Zauberei verstehe.
Er führte mich in eine abgelegene Straße an ein unscheinbares Haus, pochte an, und man ließ mich eintreten, mit der Weisung, ich solle nur nach Muley fragen.
In dem Hause kam mir ein altes Männlein mit grauem Bart und langer Nase entgegen und fragte nach meinem Begehr. Ich sagte ihm, ich suche den weisen Muley, und er antwortete mir, er sei es selbst. Ich fragte ihn nun um Rat, was ich mit den Toten machen solle, und wie ich es angreifen müsse, um sie aus dem Schiff zu bringen.
Er antwortete mir, die Leute des Schiffes seien wahrscheinlich wegen irgendeines Frevels auf das Meer verzaubert; er glaube, der Zauber werde sich lösen, wenn man sie an Land bringe; dies könnte aber nicht geschehen, als wenn man die Bretter, auf denen sie lägen, losmache. Mir gehöre, von Gott und Rechts wegen, das Schiff samt allen Gütern, weil ich es

gleichsam gefunden habe; doch solle ich alles sehr geheimhalten und ihm ein kleines Geschenk von meinem Überfluß machen, er wolle mir dafür mit seinen Sklaven behilflich sein, die Toten wegzuschaffen. Ich versprach, ihn reichlich zu belohnen, und wir machten uns mit fünf Sklaven, die mit Sägen und Beilen versehen waren, auf den Weg.

Unterwegs konnte der Zauberer Muley unseren glücklichen Einfall, die Segel mit den Sprüchen des Korans zu umwinden, nicht genug loben. Er sagte, es sei dies das einzige Mittel gewesen, uns zu retten.

Es war noch ziemlich früh am Tage, als wir beim Schiff ankamen. Wir machten uns alle sogleich ans Werk, und in einer Stunde lagen schon vier in dem Nachen. Einige der Sklaven mußten sie ans Land rudern, um sie dort zu verscharren. Sie erzählten, als sie zurückkamen, die Toten hätten ihnen die Mühe des Begrabens erspart, indem sie, sowie man sie auf die Erde gelegt habe, in Staub zerfallen seien. Wir fuhren fort, die Toten abzusägen, und vor Abend waren alle ans Land gebracht. Es war endlich keiner mehr an Bord als der, welcher am Mast angenagelt war. Umsonst suchten wir den Nagel aus dem Holze zu ziehen, keine Gewalt vermochte ihn auch nur ein Haarbreit zu verrücken. Ich wußte nicht, was anzufangen war, man konnte doch nicht den Mastbaum abhauen, um ihn an Land zu führen. Doch aus dieser Verlegenheit half Muley. Er ließ schnell einen Sklaven ans Land rudern, um einen Topf mit Erde zu bringen. Als dieser herbeigeholt war, sprach der Zauberer geheimnisvolle Worte darüber aus und schüttete die Erde auf das Haupt des Toten. Sogleich schlug dieser die Augen auf, holte tief Atem, und die Wunde des Nagels in seiner Stirn fing an zu bluten. Wir zogen den Nagel jetzt leicht heraus, und der Verwundete fiel einem der Sklaven in die Arme.

»Wer hat mich hierhergeführt?« sprach er, nachdem er sich ein wenig erholt zu haben schien. Muley zeigte auf mich, und ich trat zu ihm. »Dank dir, unbekannter Fremdling, du hast mich von langen Qualen errettet. Seit fünfzig Jahren treibt mein Leib durch diese Wogen, und mein Geist war verdammt, jede Nacht in ihn zurückzukehren. Aber jetzt hat mein Haupt die Erde berührt, und ich kann versöhnt zu meinen Vätern gehen.«

Ich bat ihn, uns doch zu sagen, wie er zu diesem schrecklichen Zustand gekommen sei, und er sprach:

»Vor fünfzig Jahren war ich ein mächtiger, angesehener Mann und wohnte in Algier; die Sucht nach Gewinn trieb mich, ein Schiff auszurüsten und Seeraub zu treiben. Ich hatte dieses Geschäft schon einige Zeit fortgeführt, da nahm ich einmal auf Zante einen Derwisch an Bord, der umsonst reisen wollte. Ich und meine Gesellen waren rohe Leute und achteten nicht auf die Heiligkeit des Mannes, vielmehr trieb ich mein Gespött mit ihm. Als er aber einst in heiligem Eifer mir meinen sündigen Lebenswandel verwiesen hatte, übermannte mich nachts in meiner Kajüte, als ich mit meinem Steuermann viel getrunken hatte, der Zorn. Wütend über das, was mir ein Derwisch gesagt hatte, und was ich mir von keinem Sultan hätte sagen lassen, stürzte ich aufs Verdeck und stieß ihm meinen Dolch in die Brust. Sterbend verwünschte er mich und meine Mannschaft, nicht sterben und nicht leben zu können, bis wir unser Haupt auf die Erde legten. Der Derwisch starb, und wir warfen ihn in die See und verlachten seine Drohungen; aber noch in derselben Nacht erfüllten sich seine Worte. Ein Teil meiner Mannschaft empörte sich gegen mich. Mit fürchterlicher Wut wurde gestritten, bis meine Anhänger unterlagen und ich an den Mast genagelt wurde. Aber auch die Empörer starben an ihren Wunden, und bald war mein Schiff nur ein großes Grab. Auch mir brachen die Augen, mein Atem hielt an, und ich meinte zu sterben. Aber es war nur eine Erstarrung, die mich gefesselt hielt; in der nächsten Nacht, zur nämlichen Stunde, da wir den Derwisch in den See geworfen, erwachte ich und alle meine Genossen, das Leben war zurückgekehrt; aber wir konnten nichts tun und sprechen, als was wir in jener Nacht gesprochen und getan hatten. So segeln wir seit fünfzig Jahren, können nicht leben, nicht sterben; denn wie konnten wir das Land erreichen? Mit toller Freude segeln wir allemal mit vollen Segeln in den Sturm, weil wir hofften, endlich an einer Klippe zu zerschellen und das müde Haupt auf dem Grund des Meeres zur Ruhe zu legen. Es ist uns nicht gelungen. Jetzt aber werde ich sterben. Noch einmal meinen Dank, unbekannter Retter, wenn Schätze dich lohnen können, so nimm mein Schiff als Zeichen meiner Dankbarkeit.«

Der Capitano ließ sein Haupt sinken, als er so gesprochen hatte, und verschied. Sogleich zerfiel er wie seine Gefährten zu Staub. Wir sammelten diesen in ein Kästchen und begruben ihn am Lande; aus der Stadt nahm ich aber Arbeiter, die mir mein Schiff in guten Zustand setzten. Nachdem ich die

Waren, die ich an Bord hatte, gegen andere mit großem Gewinn eingetauscht hatte, mietete ich Matrosen, beschenkte meinen Freund Muley reichlich und schiffte mich nach meinem Vaterland ein. Ich machte aber einen Umweg, indem ich an vielen Inseln und Ländern landete und meine Waren zu Markt brachte. Der Prophet segnete mein Unternehmen. Nach dreiviertel Jahren lief ich, noch einmal so reich, als mich der sterbende Kapitän gemacht hatte, in Balsora ein. Meine Mitbürger waren erstaunt über meine Reichtümer und mein Glück und glaubten nicht anders, als ich habe das Diamantental des berühmten Reisenden Sindbad gefunden.
Ich ließ sie bei ihrem Glauben, von nun an aber mußten die jungen Leute von Balsora, wenn sie kaum achtzehn Jahre alt waren, in die Welt hinaus, um gleich mir ihr Glück zu machen. Ich aber lebte ruhig und in Frieden, und alle fünf Jahre machte ich eine Reise nach Mekka, um dem Herrn an heiliger Stätte für seinen Segen zu danken und für den Capitano und seine Leute zu bitten, daß er sie in sein Paradies aufnehme.

Die Legende vom Glockenfelsen

Eine feierliche Prozession bewegte sich durch die Straßen der beiden Städte Perth und Dundee. Die heiligen Äbte schritten in ihren Festgewändern unter vergoldeten Baldachinen einher, die Mönche sangen, Weihrauchgefäße wurden geschwungen, Fahnen und Banner von Seeleuten und brennende Kerzen von Büßenden getragen; man trug auch St. Antonius, den Schutzherrn aller, die sich dem stürmischen Ozean anvertrauen, mit großem Pomp durch die Straßen, und während die Prozession vorüberzog, wurden Münzen von verschiedenem Wert von Zuschauern aus den Fenstern heruntergeworfen und sogleich von kleinen Jungen, die als Engel gekleidet waren und silberne Gefäße hielten, um die Gaben in Empfang zu nehmen, aufgelesen. Einen ganzen Tag dauerte die Prozession, und groß war der Schatz, der in beiden Städten gesammelt wurde. Jedermann gab großzügig, denn es waren nur wenige, ja eigentlich war niemand, der, wenn nicht in der eigenen Familie, so wenigstens unter den Bekannten, den Verlust eines geliebten Menschen durch den gefährlichen Felsen zu beklagen hatte, der genau in der Fahrrinne aller Schiffe lag, die in die Tay-Förde einfuhren.

Durch diese Prozession sollte eine genügende Geldsumme für einen Plan aufgebracht werden, den ein abenteuerlicher und kühner junger Seemann bei einer eigens zu diesem Zweck abgehaltenen Ratssitzung vorgeschlagen hatte – er wollte eine Glocke so an dem Felsen befestigen, daß ihr Klöppel beim leisesten Windhauch anschlagen und durch ihr Geläut die Seeleute vor dieser Gefahr warnen würde. Das gespendete Geld war mehr als ausreichend. Nun wurde eine Versammlung einberufen, und es wurde einmütig beschlossen, Andrew M'Clise zu beauftragen, nach Amsterdam zu fahren und dort von einem Kaufmann eine Glocke zu kaufen, die, wie Andrew selbst erklärte, wegen ihres guten Klangs und ihrer Größe für diesen Zweck genau die richtige war.

Andrew M'Clise schiffte sich mit dem Geld ein, und seine Reise verlief ohne Zwischenfälle. Er war oft in Amsterdam gewesen und hatte bei dem Kaufmann, dessen Name Vandermaclin war, gewohnt. Andrew M'Clises Geschäftstüchtigkeit, seine Geschicklichkeit und seine Behendigkeit hatten oft Mijnheer Vandermaclins Beifall gefunden. Andrew M'Clise hatte manchen Abend bei ihm verbracht, mäßig von seinem geliebten Schiedamer Korn getrunken und über einer Meerschaumpfeife meditiert. Vandermaclin hatte sich oft gewünscht, einen Sohn wie Andrew M'Clise zu haben, dem er seinen Besitz in der Gewißheit hinterlassen konnte, daß das Erworbene nicht verschwendet, sondern noch vermehrt wurde.

Vandermaclin war Witwer. Er hatte nur eine Tochter, die gerade alt genug geworden war, um aus dem Internat in das Haus ihres Vaters zurückzukehren und dort ihre häuslichen Pflichten zu übernehmen. M'Clise hatte die schöne Katerina noch nie gesehen.

»Sie sind also, Mijnheer M'Clise«, sagte Vandermaclin, der im Lagerraum im Parterre seines Hauses saß, »zu mir gekommen, um die berühmte Glocke von Utrecht zu kaufen, und Sie wollen sie an dem Felsen befestigen, über dessen Gefährlichkeit wir so oft nach erledigter Tagesarbeit gesprochen haben. Wie Sie wissen, habe auch ich durch diesen Felsen Schaden erlitten, aber ich habe dabei noch Glück gehabt. Der Preis wird hoch sein, und das ist recht so, denn die Glocke wiegt ziemlich viel.«

»Wir sind bereit, ihn zu zahlen, Mijnheer Vandermaclin.«

»Aber bei einer so guten Sache und einem so guten Zweck will ich nicht zuviel verlangen. Sie sollen nur den Preis für das Metall bezahlen – genau so viel, wie mir der Jude Isaacs vor vier Monaten dafür geboten hat. Ich werde nicht verlangen, was Isaacs fordern, sondern nur, was er selbst geben würde, und das ist ein ziemlicher Unterschied. Haben Sie zehntausend Gulden?«

»Die habe ich, sogar mehr.«

»Das ist mein Preis, Mijnheer M'Clise, und mehr will ich nicht haben, denn auch ich will etwas zu dem guten Werk beitragen. Sind Sie damit zufrieden, und sind wir handelseinig?«

»Das sind wir, und die heiligen Äbte werden Ihnen, Mijnheer Vandermaclin, ein Dankesschreiben auf Pergament für Ihre Großzügigkeit übersenden.«

»Mir ist der Dank mutiger Seeleute lieber als der fauler Kirchenmänner, doch lassen wir das, wir sind uns einig. Wir wollen nun hineingehen; es ist Zeit, abzuschließen. Wir werden

uns gemütlich eine Pfeife anzünden, und Sie werden meine Tochter Katerina kennenlernen.«
M'Clise war damals sechsundzwanzig Jahre alt, mehr als mittelgroß, elegant gekleidet, und sein ganzes Wesen strahlte Freimütigkeit, ja sogar fast Vornehmheit aus, die ihn bei allen beliebt machten.
Sein Benehmen war, wie bei den meisten Seeleuten, von frischer Herzhaftigkeit, aber nie formlos. Seine Augen waren scharf wie die eines Adlers, und seine ganze Seele schien aus ihnen zu sprechen. Kaum hatten er und Vandermaclins Tochter sich zum ersten Mal gesehen, da hatten beide das Gefühl, das Schicksal müsse sie miteinander verbinden.

Sie liebten mit einer Leidenschaft, die man nicht beschreiben kann; dennoch redeten sie kaum miteinander. Immer wieder trafen sie sich, und nur ihre Augen sprachen; sonst geschah nichts. Die Glocke wurde an Bord des Schiffes gebracht, das Geld war bezahlt worden, und M'Clise konnte seine Abfahrt nicht länger aufschieben. Als er sich von dem Land losriß, wo alles zurückblieb, was er auf dieser Erde begehrte, war ihm, als breche in seinem Herzen etwas entzwei. Auch Katerina kam es vor, als sei ihr Leben leer geworden; als das Schiff den Hafen verließ, war ihre Kehle wie zugeschnürt, und als sie nicht einmal mehr den kleinen Fleck des weißen, hohen Bramsegels erspähen konnte, warf sie sich auf ihr Bett und weinte. M'Clise stand stundenlang auf die Reling gestützt und sah im Geist immer wieder jede Linie des Körpers und die Gesichtszüge der schönen Katerina vor sich.
Zwei Monate vergingen, in denen M'Clise damit beschäftigt war, bei jeder Ebbe die Arbeit auf dem Felsen zu überwachen. Schließlich war alles fertig, und abermals gab es eine fröhliche Prozession, diesmal allerdings auf dem Wasser. An einem ruhigen und schönen Sommermorgen brachen die Äbte und Mönche, von einer Gruppe von Behördenvertretern und anderer, die an der Arbeit an dem Felsen Anteil nahmen, begleitet, von der Küste von Aberbrothwick auf. Die lange Reihe der Boote war mit kirchlichen und verschiedenen anderen Fahnen geschmückt. Musik erklang über dem Wasser, und die feierlichen Gesänge der Mönche ertönten nun an einem Ort, wo man sie noch nie gehört hatte und nie mehr hören würde. M'Clise befand sich am Felsen, in einem kleinen Fahrzeug, das eigens dafür gebaut worden war, die Glocke zu transportieren;

mit Scherenkränen brachte er sie auf die Stützen, die in den harten Felsen eingelassen waren. Als die Glocke auf ihrem Platz befestigt war, segnete der Abt sie, und Weihwasser wurde auf das Metall gesprengt, das in Zukunft nur von den salzigen Wellen des Meeres gepeitscht werden sollte. Abermals erklangen die Musik und die Gesänge, doch da erhob sich ein Wind, und die Glocke begann mit lautem und tiefem Klang zu läuten. Dieses Glockengeläut war das Signal zur Rückkehr, denn es war eine Warnung, daß das Wetter umschlagen würde; die Prozession begab sich nach Aberbrothwick zurück und erreichte rechtzeitig das Ufer – bereits eine Stunde später peitschten die Wellen wieder gegen die felsige Küste, und die Glocke läutete laut und heftig, doch nun war niemand da als eine kreisende Möwe, die bei diesem ungewohnten Lärm, der von dem Felsen kam, auf dem sie sich bei Ebbe so oft niedergelassen hatte, vor Furcht kreischte.

M'Clise hatte seine Arbeit getan, die Glocke war angebracht, und wieder brach er eilig mit seinem Schiff nach Amsterdam auf. Wieder wohnte er in Vandermaclins Haus, und wieder war er mit seiner leidenschaftlich geliebten Katerina zusammen. Diesmal sprachen sie, diesmal gelobten sie sich Treue bis in den Tod. Vandermaclin merkte nicht, was sich zwischen den beiden abspielte. Für ihn kam der junge Seemann als Ehemann für seine Tochter nicht in Frage, da er zu niedrigen Standes und zu arm war. Und da er daran keine Gedanken verschwendete, kam ihm auch nicht in den Sinn, daß M'Clise wagen könnte, sich in seine Tochter zu verlieben. Doch schon bald wurden ihm die Augen geöffnet. M'Clise sprach offen mit ihm über seine Liebe zu Katerina und bat ihn um die Hand seiner Tochter. Kaum hatte er geendet, da stieg Vandermaclin Zornröte ins Gesicht.

»Mijnheer M'Clise«, sagte er nach einer Weile, in der er wohl versuchte, sich zu beherrschen, »wenn ein Mann heiraten will, erwartet man von ihm, daß er die Mittel besitzt, seine Frau zu unterhalten – und zwar standesgemäß – und ihr den Luxus zu bieten, an den sie im Haus ihres Vaters gewöhnt war. Beweisen Sie mir, daß Sie dazu imstande sind, und ich werde Ihnen Katerinas Hand nicht verweigern.«

»Bis jetzt kann ich das nicht«, erwiderte M'Clise, »aber ich bin jung und kann arbeiten. Ich habe etwas Geld, und ich werde noch mehr verdienen. Welche Summe, sagen Sie mir, muß ich besitzen, wenn ich um die Hand Ihrer Tochter bitten möchte?«

»Bringen Sie mir zwölftausend Gulden, und sie gehört Ihnen«, erwiderte der Kaufmann.

»Ich habe nur dreitausend«, antwortete M'Clise.

»Dann vergessen Sie Katerina. Es ist eine törichte Leidenschaft. Mijnheer M'Clise, ich werde nicht zulassen, daß man mit den Gefühlen meiner Tochter spielt. Sie muß Sie vergessen, und deshalb soll Katerina Sie nicht mehr sehen. Ich wünsche Ihnen alles Gute, aber ich muß Sie bitten, sich zu verabschieden.«

M'Clise ging, von Kummer und Enttäuschung zutiefst niedergedrückt. Es gelang ihm, einen Brief, in dem er über das Ergebnis seiner Unterredung mit ihrem Vater berichtete, in Katerinas Hände zu schmuggeln. Doch Vandermaclin erfuhr davon, und Katerina wurde zu einem Kloster geschickt, wo sie bis zur Abreise ihres Liebsten bleiben sollte; außerdem schrieb Vandermaclin an seinen Handelspartner in Dundee und bat ihn, die für ihn bestimmten Waren nicht mehr auf M'Clises Schiff zu schicken.

Das wurde dem jungen Kapitän mitgeteilt. Nun war fast alle Hoffnung geschwunden; dennoch blieb er immer noch in Amsterdam und verzögerte seine Abreise. Er war nicht mehr der tatkräftige, unternehmungslustige Seemann; er vernachlässigte alles, sogar sein Äußeres.

M'Clise wußte, in welchem Kloster seine schöne Katerina eingesperrt war, und oft wanderte er um das Gebäude herum, in der Hoffnung, sie, und sei es nur für einen kurzen Augenblick, zu sehen, doch vergebens. Sein Schiff war nun beladen, und er konnte die Abreise nicht länger aufschieben. Am nächsten Morgen sollte er in See stechen. Zum letzten Mal ging der unglückliche junge Mann zu den Mauern, die das umschlossen, was ihm auf Erden am liebsten war. Ein Stein, der zu seinen Füßen niederfiel, riß ihn aus seinen träumerischen Gedanken. Er hob ihn auf; ein kleines Stück Papier war mit einem seidenen Faden darum gebunden. Er entfaltete den Zettel; dieser zeigte die Handschrift von Katerina und enthielt nur zwei Worte – *Die Glocke*.

Die Glocke! M'Clise zuckte zusammen, denn er begriff sofort, was damit gemeint war. In Sekundenschnelle entfaltete sich der ganze Plan vor seinem geistigen Auge. Ja, es gab doch noch eine Hoffnung auf Glück. Die Glocke war zehntausend Gulden wert; der Jude Isaacs hatte einst so viel für sie geboten und würde auch jetzt das gleiche für sie geben. Er würde

glücklich mit seiner Katerina sein, und er segnete sie im stillen für diesen scharfsinnigen Einfall. Einen Augenblick lang war er voller Begeisterung, doch gleich darauf setzte eine Gegenreaktion ein. Was hatte er sich da vorgenommen? Ein Sakrileg, eine grausame Tat. Die Glocke war von der heiligen Kirche geweiht und mit Hilfe frommer Spenden erworben worden. Man hatte sie auf dem Felsen angebracht, um das Leben anderer Seeleute, seiner Brüder, zu retten, und wenn er sie entfernte, war er dann nicht für alle, die umkamen, verantwortlich? Würden die Klagen der Witwen und die Tränen der Waisen ihn nicht vor Gott anklagen? Nein, nein! Niemals! Dieses Verbrechen war zu furchtbar. M'Clise stampfte mit dem Fuß auf dem Zettel herum. Er glaubte, der Teufel wolle ihn in Gestalt einer Frau verführen.
Doch wenn das Weib lockt, ist der Mann verloren. Katerinas bezaubernde Gestalt kam ihm wieder vor Augen, und sein Widerstreben schmolz. Er beschloß, die Tat auszuführen und Katerina zu gewinnen, und sollte er auch seine Seele dabei verlieren.
Andrew M'Clise segelte von Amsterdam ab, und Katerina erlangte ihre Freiheit wieder. Vandermaclin hätte sie gern so bald wie möglich verheiratet, und es gab viele Bewerber um ihre Hand, doch deren Mühe war umsonst. Sie erinnerte ihren Vater daran, daß er selbst versprochen habe, wenn M'Clise zwölftausend Gulden vorlegen könne, dann dürfe sie seine Frau werden, und sie beharrte darauf, daß er an dieses Versprechen gebunden sei. Nachdem Vandermaclin versucht hatte, sie zur Vernunft zu bringen, und ihr vorgehalten hatte, daß M'Clise bis ins hohe Alter hinein, selbst bei sehr viel Glück, nicht imstande sein werde, eine so große Summe wie zwölftausend Gulden aufzubringen, bekannte er sich schließlich zu seinem Versprechen und sagte, er werde es, als ein Ehrenmann, halten, vorausgesetzt, daß M'Clise innerhalb von zwei Jahren seinen Teil der Vereinbarung erfülle. Danach würde er sie verheiraten. Katerina faltete die Hände, hob die Augen zum Himmel und flüsterte: »Die Glocke«.
Wahrhaftig, wir Menschen bringen es fertig, den Himmel anzurufen, wenn wir Böses vorhaben. Aber wir Sterblichen sind blind, und niemand ist so blind wie der, den die Leidenschaft treibt.
Im Sommer des gleichen Jahres hatte M'Clise seine Vorbereitungen getroffen: nachdem er einige verbrecherische Helfers-

helfer angeworben hatte, segelte er bei Hochwasser an einem ruhigen Tag über die spiegelglatte See zum Felsen, um die Glocke an Bord seines Schiffes zu bringen. Das war nicht weiter schwierig für ihn, da er sie ja selbst dort angebracht hatte und deshalb genau wußte, wie sie befestigt war. Dann segelte er weiter nach Amsterdam. Diesmal fuhr er nicht, wie früher, in einen Kanal vor Vandermaclins Haus ein, sondern in einen, der hinter dem Hause des Juden Isaacs lag. Nachts schlich er zu dem Haus und erzählte dem Juden, was er zu verkaufen hatte, und die klugen, grauen Augen des Juden funkelten vor Freude, denn er wußte, daß er damit einen guten Gewinn erzielen würde. Um Mitternacht wurde die Glocke an einem Kran befestigt und im Lagerhaus des Juden abgeladen. Isaacs zählte die zehntausend Gulden dem aufgeregten M'Clise vor, der an nichts anderes mehr dachte als daran, daß er bald seine Katerina besitzen würde.

Doch wer ein Verbrechen verbergen will, ist oft gezwungen, ein noch schlimmeres zu begehen. M'Clises Helfershelfer, denen er versprochen hatte, tausend Gulden unter sie zu verteilen, waren nun mit ihrem Anteil nicht mehr zufrieden und bestanden darauf, daß die Beute in gleiche Teile geteilt werde. Sonst, drohten sie, würden sie alles verraten.

M'Clise tobte, fluchte und raufte sich die Haare; er versprach, ihnen das Geld zu geben, sobald er Katerina geheiratet habe, aber damit waren sie nicht einverstanden. Da stimmte er plötzlich zu. In der nächsten Nacht sollte die Teilung vorgenommen werden. Sie trafen sich in seiner Kajüte; er bot ihnen Wein an, und sie tranken reichlich. Doch der Wein war vergiftet, und noch bevor der Morgen anbrach, waren alle tot. M'Clise band schwere Gewichte an die Leichen und warf sie in den tiefen Kanal, dann brach er die Luken auf, damit es so aussah, als sei das Schiff geplündert worden. Schließlich ging er zu den Behörden und beschuldigte seine Mannschaft, sie habe ihn ausgeraubt und sei geflohen. Eine sofortige Suche wurde eingeleitet, aber die Männer wurden nicht gefunden, und so nahm man an, daß sie in einem Boot entkommen waren. M'Clise ging zu Vandermaclins Haus, zeigte seine zwölftausend Gulden vor und verlangte seine Braut. Vandermaclin willigte nun in die Heirat ein. Da M'Clise erklärte, er müsse so rasch wie möglich nach England zurückkehren, um mit den Kaufleuten, deren Güter gestohlen worden waren, ins reine zu kommen, fand die Hochzeit schon nach wenigen Tagen statt, und Katerina schloß den Mörder in ihre Arme. Bei den Festlichkeiten herrschte nach außen eitel Freude, doch tief innen litt M'Clise geheime Qualen, denn nun, da er bekommen hatte, was er wollte, schien ihm, als sei der Preis dafür zu hoch gewesen, denn seinen Seelenfrieden hatte er für immer verlorin. Katerina machte das nichts aus; ihr ganzes Gefühl ging in ihrer Leidenschaft auf, und sie liebte M'Clise um seiner Schuld willen nur noch mehr – hatte er das alles nicht für sie getan? M'Clise nahm ihre Mitgift in Empfang und beeilte sich mit den Vorbereitungen für die Abreise, denn die Leichen lagen immer noch im Kanal, und er zitterte vor Angst, man könne sein Verbrechen entdecken. Vandermaclin sagte seiner Tochter Lebewohl, und dabei hatte er, er wußte nicht warum, ein unbestimmtes Gefühl, das sich nicht unterdrücken ließ, er werde sie nie wiedersehen.

»Geh nach unten, Katerina! Hier oben ist nicht der richtige Platz für dich«, rief M'Clise, als er am Ruder des Schiffes stand. »Nach unten, Liebste, nach unten, du wirst sonst noch über Bord geschwemmt. Jeder Brecher kann unser Deck überspülen, und wir haben bereits zwei Mann verloren. Geh nach unten, Katerina! Nach unten, sage ich dir!«

»Ich habe keine Angst, laß mich bei dir bleiben.«

»Und ich sage, du sollst nach unten gehen!« schrie M'Clise zornig. Katerina warf ihm einen vorwurfsvollen Blick zu, gehorchte aber.

Der Sturm hatte nun seinen Höhepunkt erreicht; die Sonne war untergegangen, schwarze, gewaltige Wellen jagten einander, und das Schiff, das seine Masten verloren hatte, wurde zum Land getrieben. Der Wind heulte und pfiff scharf in jeder Ritze des Schanzkleides. Schon drei Tage lang hatten sie vergeblich gegen den Sturm angekämpft. Wenn er sich jetzt nicht endlich legte, bestand keine Hoffnung mehr, denn die Küste lag leewärts und war nicht weit entfernt. Nichts konnte sie retten, es sei denn, sie erreichten die Mündung der Tay-Förde und konnten dann nach Dundee hinaufsegeln. Die Brandung kochte, die Nacht war schwarz, das Meer toste, und ihre Masten trieben schon weit entfernt. M'Clise stand am Ruder und hielt das Schiff mit der Breitseite zum Meer. Er war voller Bitterkeit, seine Schuld drückte ihn nieder, er sehnte sich nach dem Tod und fürchtete ihn zugleich.

Wieder erschien Katerina an Deck und hielt sich an Andrew fest.

»Ich halte es unten nicht aus. Sag mir doch, ist der Sturm nicht bald vorüber?«
»Ja«, erwiderte M'Clise düster, »bald wird es mit uns allen vorüber sein.«
»Was meinst du damit? Du hast mir gesagt, es gebe keine Gefahr.«
»Ich habe dich belogen. Bald kommt der Tod und danach die Verdammnis; deinetwegen habe ich meine Seele verloren!«
»So sollst du nicht reden.«
»Ich rede aber so. Laß mich, laß mich los, Katerina, oder ich verfluche dich.«
»Mich verfluchen, Andrew? Nein, küß mich lieber, und wenn wir untergehen müssen, dann wollen wir uns umarmen und zusammen sterben.«
»Das könnten wir, denn du hast mich ins Verderben gestürzt. Ich sage dir noch einmal, laß mich, denn ich verfluche dich.«
So verwandelte sich, als der Tod ihm vor Augen stand, seine schuldbeladene Liebe in Haß.
Katerina gab keine Antwort. Sie warf sich auf das Deck nieder und gab sich ihrem Schmerz hin. Und als sie da lag und M'Clise noch am Ruder stand, ließ der Wind plötzlich nach; das Schiff wurde nicht mehr so auf- und niedergeschleudert wie vorher, obwohl die Wellen immer noch hoch waren. Die Matrosen nahmen den Kampf gegen die See wieder auf; ein paar Segelfetzen wurden an den Überbleibseln der Masten befestigt. M'Clise sprach kein Wort; er schaute nur auf das Ruder. Dann schlug der Wind günstig um, und alle begannen wieder zu hoffen. Die Tay-Förde lag vor ihnen, und sie waren gerettet! M'Clise atmete auf und übergab dem Maat das Ruder. Er lief zu Katerina, die noch immer auf dem Deck lag, hob sie auf und flüsterte ihr Worte der Beruhigung und neuer Liebe zu. Aber sie hörte ihn nicht – sie konnte nicht vergessen und weinte und weinte.
»Wir sind gerettet, Liebste!«
»Wir hätten lieber untergehen sollen!« antwortete sie traurig.
»Nein, nein! Sag das nicht, ich bin's doch, dein Andrew, und ich liebe dich.«
»Und dein Fluch?«
»Das war Wahnsinn – es bedeutet nichts – ich wußte nicht, was ich sagte.«

Aber — wie es in der Bibel heißt — Pein und Trübsal hatten ihre Seele beschlichen.
»Befehlen Sie doch, daß jemand nach dem Glockenfelsen Ausschau hält«, sagte der Mann am Ruder zu M'Clise.
Der Glockenfelsen! M'Clise war wie gelähmt und antwortete nicht. Getrieben von See und Wind, fuhr das Schiff dahin: mal hob es sich hoch und schwebte über der Brandung, dann wieder sank es tief in ein Wellental und war von wirbelnden Wasserwänden umgeben. M'Clise hielt Katerina, die gegen seine Zärtlichkeiten unempfindlich blieb, noch immer in den Armen — da warf sie ein plötzlicher Stoß auf das Deck nieder, Holz krachte, Wasser überflutete das Heck, noch ein gewaltiger Stoß, das Schiff brach auseinander und kenterte, und die wütende See schlug über ihm zusammen.
M'Clise stieß die Frau, die er so leidenschaftlich geliebt hatte, von sich und warf sich in die Wellen. Katerina schrie auf, als sie ihm folgte, und alles war vorüber.
Wenn Sturm aufkommt und die kreischende Möwe an Land fliegt und der Fischer sein Boot schleunigst zum Strand lenkt, kann man die Gestalt von Andrew M'Clise sehen, der, schnell wie der Blitz, aus den schwarzen Wolken herabfährt und die schwere Glocke um den Hals gebunden trägt, die ihn immer wieder in die Verdammnis hinabzieht.
Und wenn die See glatt und ruhig ist und die Wellen bei Ebbe sanft den Felsen umspülen, dann haben die Seeleute der Schiffe, die aus der Tay-Förde fahren, schon oft im silbernen Mondlicht die Gestalt der schönen Katerina gesehen, die ihnen mit ihrem weißen Schal bittend zuwinkt, daß sie kommen und sie von dem Felsen herunterholen sollen, auf dem sie sitzt. Manchmal zeigt sie ihnen einen Brief an ihren Vater, Mijnheer Vandermaclin, und wenn die Seeleute wachsam, die Augen auf sie gerichtet, mit verschränkten Armen ihren Kurs in Schweigen und Furcht fortsetzen, dann weint sie in stiller Verzweiflung.

Die Gäste von der Gibbet-Insel

Wer je das altertümliche und nicht ganz unbekannte Dorf Communipaw besucht hat, dem ist vielleicht ein altes Steingebäude von baufälligem und unheimlichem Aussehen aufgefallen. Türen und Fensterläden hängen lose in den Angeln; die Löcher in den zerbrochenen Glasscheiben sind mit alten Kleidern ausgestopft, und ganze Legionen halbverhungerter Hunde streunen in dem und um das Gebäude herum, stürzen heraus und bellen jeden Vorbeikommenden an, denn solch ein armseliges Haus in einem Dorf pflegt stets eine ganze Meute verwahrloster und verkommener Hunde zu beherbergen. Ein großes Gestell vor dem Haus, das eine gewisse Ähnlichkeit mit einem Galgen hat und so aussieht, als warte es nur darauf, diesen oder jenen Einwohner mit wohlverdienter frischer Luft zu versorgen, trägt noch zu dem unheimlichen Aussehen des Hauses bei. Es ist jedoch kein Galgen, sondern ein altes Schild auf einem Pfahl, denn in den glücklichen Tagen von Communipaw war dieses Gebäude eine der sittsamsten und friedlichsten Dorfschenken, wo man die öffentlichen Angelegenheiten besprach und berauchte. Ja, dieses Haus war es, in dem Oloffe der Träumer und seine Gefährten die große Entdeckungs- und Kolonisierungsreise austüftelten, bei der sie den Buttermilch-Kanal erforschten, in der Höllentor-Straße beinahe Schiffbruch erlitten und schließlich auf der Insel Manhattan landeten und die große Stadt Neu-Amsterdam gründeten.

Sogar nachdem die Provinz durch die vereinigten Streitkräfte der Briten und der Yankees auf die grausamste Weise der Herrschaft von Ihro Gnaden entrissen worden war, bewahrte die Schenke ihnen weiterhin ihre alte Treue. Schon wahr, der Kopf des Prinzen von Oranien verschwand von dem Schild, und ein seltsamer Vogel, mit der erläuternden Unterschrift »Die Wilde Gans«, wurde darüber gemalt, doch alle Welt wußte, daß es sich dabei um einen schlauen Trick des Wirtes handelte, des ehrenwerten Teunis van Gieson, auf seine schlichte Art ein kluger Mann, der, wenn irgend jemand die

Bedeutung seines Schildes zu ergründen suchte und die Bemerkung fallen ließ, seine Gans brüte zwar, würde aber sogleich mitfliegen, wenn ein Schwarm überm Wasser vorüberziehe, den Finger an die Nase legte und zwinkerte – ein Rätsel, das den loyalen, aber schafsköpfigen Bürgern von Communipaw stets zum Vergnügen und zur Freude gereichte.
Unter der Herrschaft des patriotischen und doch diskreten und friedfertigen Gastwirtes blühte die Schenke weiter in ursprünglicher Gelassenheit und war die Zuflucht redlicher Niederländer aus allen Teilen von Pavonien, die sich hier in aller Stille und Heimlichkeit trafen, um auf den Fall der Briten und der Yankees und den Erfolg des Admirals van Tromp zu rauchen und zu trinken.
Der einzige Mißklang in der allgemeinen Behaglichkeit dieses Gasthauses war ein Neffe des Wirts, der Sohn seiner Schwester, Jan Jost Vanderscamp mit Namen und im Wesen ein rechter Schurke. Dieser unglückselige Halunke zeigte von früh auf eine Neigung zur Bosheit, die er im kleinen befriedigte, indem er den Stammgästen der »Wilden Gans« Streiche spielte: er stopfte ihnen Pulver in die Pfeife oder Knallerbsen in die Tasche und brachte sie mit einer Explosion aus dem Konzept, wenn sie gerade meditierend um den Kamin im Schankraum saßen. Und traf es sich einmal, daß ein redlicher Bürger aus einem weitabgelegenen Teil Pavoniens bis zum Einbruch der Dunkelheit über seinem Trank verweilte, so konnte man Gift darauf nehmen, daß der junge Vanderscamp einen Dorn unter den Schwanz seines Pferdes stecken würde, bevor der Mann wieder in den Sattel stieg, so daß es auf Biegen und Brechen mit Gepolter den Weg hinunterstob, zur maßlosen Überraschung und Verwirrung des Reiters.
Es mag vielleicht verwundern, daß mein Wirt von der »Wilden Gans« einen solch verworfenen Schuft nicht aus dem Hause warf, aber Teunis van Gieson war ein weichherziger Mann, und da er kein eigenes Kind hatte, behandelte er seinen Neffen mit nahezu väterlicher Nachsicht. Seine Geduld und seine Gutmütigkeit wurden noch durch einen weiteren Bewohner seines Hauses auf die Probe gestellt. Das war ein querköpfiger Griesgram von einem Neger namens Pluto, der in Communipaw eine Art Rätsel dastellte. Woher er kam, wußte niemand. Eines Morgens wurde er nach einem Sturm vor der »Wilden Gans« gefunden, wie ein Seeungeheuer an den Strand geschwemmt, wo er, mehr tot als lebendig, lag. Die Nachbarn ver-

sammelten sich um ihn und stellten Betrachtungen über diese Ausgeburt der Tiefe an: ob sie Fisch sei oder Fleisch oder ein Gemisch aus beiden, für gewöhnlich Triton geheißen. Der weichherzige Teunis van Gieson, der sah, daß sie menschliche Getalt besaß, nahm sie in sein Haus und wärmte sie, bis sie wieder zum Leben erwachte. Nach und nach verriet sie Anzeichen eines menschlichen Verstandes und gab sogar Laute von sich, die durchaus wie eine Sprache klangen, die in Communipaw jedoch niemand verstehen konnte. Manche dachten, die Gestalt sei ein Neger, direkt aus Guinea, der entweder über Bord gefallen oder von einem Sklavenschiff entflohen war.

Nichts konnte ihn jedoch je dazu bewegen, auch nur ein Sterbenswörtchen über seine Abstammung verlauten zu lassen. Wenn man ihn darüber befragte, deutete er nur zur Gibbet-Insel hinüber, einer kleinen felsigen Insel, die gegenüber von Communipaw in der offenen Bucht liegt, als sei das sein Geburtsort, obwohl jeder wußte, daß sie nie bewohnt gewesen war.

Mit der Zeit eignete er sich ein paar Brocken der holländischen Sprache an — das heißt, er lernte ihren ganzen Wortschatz an Flüchen und Verwünschungen und gerade so viel andere Worte, wie nötig waren, um diese miteinander zu verbinden. »Donder en blicksem!« — Donner und Blitz — war noch der mildeste seiner Ausrufe. Jahrelang trieb er sich in der »Wilden Gans« herum, wobei er mehr einem jener Familiengeister oder häuslichen Kobolde, von denen man so oft liest, ähnelte, als einem menschlichen Wesen. Er ließ sich von niemandem etwas sagen, ging aber verschiedenen häuslichen Pflichten nach, wenn er gerade Lust dazu hatte: er bediente gelegentlich die Gäste, pflegte die Pferde, hackte Holz, schöpfte Wasser, und all das, ohne dazu aufgefordert zu sein. Man brauchte ihm nur einen Befehl zu erteilen und konnte sicher sein, daß das dickköpfige Seeungetier sich dagegen auflehnen würde. Doch nirgendwo fühlte er sich so heimisch wie auf dem Wasser, wenn er, ganz allein mit sich, in einem Skiff oder Kanu herumfuhr, fischte, Krabben fing oder nach Austern grapschte; er brachte dann stets große Vorräte für die Speisekammer der »Wilden Gans« mit, die er mit einem Brummen vor die Küchentür warf. Weder Wind noch Wetter hielten ihn davon ab, sich auf sein Lieblingselement zu begeben: ja, je wilder das Wetter war, um so mehr schien er es zu genießen. Braute sich ein Sturm zusammen, so konnte man sicher sein, daß er vom Ufer abstieß; dann sah man ihn weit draußen in der Bucht, sein leichtes Skiff tanzte wie eine Feder auf den Wellen, wenn Wasser und Himmel in Aufruhr waren und die festesten Schiffe schleunigst ihre Segel refften. Bei solchen Gelegenheiten blieb er manchmal tagelang fort. Wie er dem Sturm trotzte und wie und wovon er lebte, ahnte niemand, und niemand wagte auch, ihn darüber zu befragen, denn alle empfanden vor ihm eine fast abergläubische Scheu. Einige der Austernzüchter von Communipaw behaupteten, sie hätten mehr als einmal gesehen, wie er ganz plötzlich verschwand, mitsamt seinem Kanu und allem übrigen, als hätten die Wellen ihn verschlungen, und nach einer Weile sei er in einem ganz anderen Teil der Bucht wieder aufgetaucht, woraus sie schlossen, daß er, wie jene bemerkenswerte Spezies von wilden Enten, die man gemeinhin Lappentaucher nennt, unter Wasser leben konnte. Man begann ihn als eine Art Schlechtwettervogel oder Sturmvogel zu betrachten, und immer wenn man ihn bei bedecktem Himmel in seinem Skiff weit hinausfahren sah, machte man sich auf einen Sturm gefaßt.

Der einzige Mensch, für den er so etwas wie Sympathie zu empfinden schien, war Jan Jost Vanderscamp, und ihn mochte er gerade wegen seiner Bosheit. Er nahm den Jungen gewissermaßen unter seine Fittiche, stachelte ihn zu allen möglichen Untaten auf, unterstützte ihn bei allen seinen wilden Eskapaden, bis der Junge der Obertaugenichts des Dorfes wurde – eine Pest für seinen Onkel und für jedermann. Seine Streiche waren auch nicht aufs Land beschränkt; bald begann er den alten Pluto bei seinen Meerfahrten zu begleiten. Zusammen kreuzten diese beiden Helden in der weiten Bucht auf allen benachbarten Wasserstraßen und Flüssen, stöberten in Skiffs und Kanus überall herum, raubten die ausgelegten Netze der Fischer aus, landeten an fernen Küsten, verwüsteten Obst- und Wassermelonengärten; kurzum, sie trieben in kleinem Rahmen regelrechte Piraterie. Von Pluto geleitet, lernte der junge Vanderscamp bald alle Buchten, Flüsse, Waserläufe und andere Plätzchen der Wasserwelt ringsum kennen; er konnte in der finstersten Nacht das Boot vom Haken zum Spukenden Teufel lenken und lernte sogar, den Schrecken des Höllentors zu trotzen.

Eines Tages verschwanden Neger und Junge ganz plötzlich, und Tage und Wochen vergingen, ohne daß eine Nachricht von ihnen kam. Einige meinten, sie seien fortgelaufen und zur See gegangen; andere deuteten scherzhaft an, der alte Pluto, der kein anderer sei als sein verkleideter Namensvetter, habe den Jungen zu den Unteren Regionen hinweggezaubert. Alle waren sich jedoch in einem Punkt einig – daß das Dorf sie mühelos entbehren konnte.

Die Zeit verstrich, der gute Teunis van Gieson ging zu seinen Vätern, und die Schenke blieb geschlossen und wartete auf einen Nachfolger, denn der nächste Erbe war Jan Jost Vanderscamp, und von ihm hatte man seit Jahren nichts gehört. Schließlich, eines Tages, wurde ein Boot gesehen, das von einem langen, schwarzen, schnittigen Schoner, der in der Bucht vor Anker lag, an Land fuhr. Die Mannschaft des Bootes war des Fahrzeugs, von dem sie abgestoßen hatte, würdig. Nie zuvor war eine solche Bande lärmender, bramarbasierender, großspuriger Halunken bei dem friedlichen Communipaw gelandet. Sie waren exotisch in Kleidung und Benehmen, ihr Führer war ein grober, stämmiger, barscher Rohling mit feurigem Backenbart, einer kupferfarbenen Nase, einer Narbe quer über das Gesicht und einer großen Biberfellmütze, die ihm schräg auf dem Kopf klebte, in dem die friedlichen Bewohner von Communipaw zu ihrer Bestürzung ihren früheren Quälgeist, Jan Jost Vanderscamp, wiedererkannten. Die Nachhut dieser vielversprechenden Bande bildete der alte Pluto, der ein Auge verloren hatte, ergraut war und mehr denn je wie ein Teufel aussah. Vanderscamp frischte seine Bekanntschaft mit den alten Bürgern wieder auf, sehr gegen ihren Willen und in einer Weise, die ganz und gar nicht nach ihrem Geschmack war; er schlug ihnen vertraulich auf den Rücken, preßte ihnen mit eisernem Griff die Hand und gab sich als jedermanns bester Freund. Nach dem, was er erzählte, war er überall auf der Welt gewesen, hatte das Geld förmlich gescheffelt; seine Schiffe fuhren auf allen Meeren, und nun hatte er die Absicht, die »Wilde Gans« in einen Landsitz zu verwandeln, wo er und seine Kameraden, alles reiche Kaufleute aus fernen Ländern, sich zwischen ihren Reisen vergnügen konnten.

Und in der Tat, schon nach kurzer Zeit erfuhr die »Wilde Gans« eine vollkommene Metamorphose. Aus einem ruhigen, friedlichen holländischen Gasthaus verwandelte sie sich in ein lärmendes, tobendes Privathaus, ein idealer Treffpunkt für rauhe Seeleute, die hier zusammenkamen, um an Land das zu haben, was sie ein »Gelage« nannten und die zu jeder Tageszeit, vor der Tür herumstehend oder sich in den Fenstern räkelnd, wo sie fluchten und über jeden Vorbeigehenden Witze rissen, zu sehen waren. Das Haus wurde auch auf sonderbare Weise ausgestattet: anstelle von Betten hingen Hängematten an den Wänden, seltsames Mobiliar in fremdartigem Stil, Bambusliegen, spanische Stühle; Pistolen, Entermesser und Donnerbüchsen waren überall aufgehängt; auf den Kaminsimsen Kruzifixe, auf den Tischen silberne Kerzenhalter und Suppennäpfe, die in einem merkwürdigen Kontrast zu den Zinnkrügen und dem Steingut der ursprünglichen Einrichtung standen. Und dann die ausgefallenen Vergnügungen dieser Seeungeheuer! Anstelle von Diskusscheiben warfen sie spanische Dollars, schossen mit Donnerbüchsen aus den Fenstern auf eine Zielscheibe oder auf jeden unglückseligen Hund, jede Katze, jedes Schwein oder jedes Huhn, die zufällig in ihre Reichweite kamen.

Der einzige, der ihre unbändige Ausgelassenheit zu genießen schien, war der alte Pluto, und doch führte er dabei ein Hundeleben, denn sie trieben mit ihm allerlei handfeste Scherze, stießen ihn wie einen Ball herum, packten ihn an seinem grauen Wollschopf, schüttelten ihn und sprachen ihn nicht an, ohne seinem Namen als Eigenschaftswort einen Fluch hinzuzufügen und ihn zur Hölle zu wünschen. Der alte Knabe schien sie aber um so lieber zu mögen, je mehr sie ihn verfluchten, obwohl er sich in seinem äußersten Ausdruck der Freude nie zu mehr verstieg als zu dem Brummen eines geliebkosten Bären, der hinter den Ohren gekratzt wird.

Der alte Pluto war der dienstbare Geist bei den Orgien in der »Wilden Gans« – und was für Orgien fanden dort statt! Was für ein Trinken, ein Singen, Brüllen, Fluchen und als Zwischenspiel gelegentliches Streiten und Raufen. Je lauter das Gelage wurde, desto eifriger füllte der alte Pluto die Becher nach, bis die Gäste in ihrem Frohsinn rasend wurden, alles in Stücke schlugen und das Innere des Hauses aus den Fenstern warfen. Manchmal machten sie sich nach einem Trinkgelage auf und streiften zum Entsetzen der redlichen Bürger, die ihre Frauen hereinriefen und ihre Häuser am liebsten abgeschlossen hätten, durch das Dorf. Vanderscamp war aber nicht abzuweisen. Er bestand darauf, die Bekanntschaft mit seinen alten Nachbarn aufzufrischen, seine Freunde, die Kaufleute, ihren Familien vorzustellen, schwor, er sei auf der Suche nach einer Frau und fest entschlossen, bevor er damit aufhörte, Ehemänner für alle ihre Töchter zu finden. Ob es ihnen nun paßte oder nicht, er war gesellschaftlich gesonnen, stolzierte in ihren besten Zimmern herum, die Biberfellmütze schräg auf den Kopf geklebt, setzte sich auf den liebevoll gewachsten Mahagonitisch der braven Hausfrau, stieß mit seinen Absätzen gegen die geschnitzten und polierten Tischbeine, küßte die jungen *Frouws* und zerzauste ihre Frisuren, und wenn sie ärgerlich dreinblickten und schmollten, schenkte er ihnen einen goldenen Rosenkranz oder ein funkelndes Kreuz, um sie wieder aufzumuntern.

Und manchmal ließ er nicht locker, bis er einen seiner alten Nachbarn zum Abendessen in die »Wilde Gans« eingeladen hatte. Absagen gab es bei ihm nicht, denn er hatte in der Gemeinde die Oberhand, und die friedlichen Bürger zitterten alle in Furcht vor ihm. Aber was machten die stillen, redlichen Leute dann durch, unter diesen Wüstlingen, die sich darin gefielen, sie mit den ausgefallensten Kampfgeschichten in Schrecken zu versetzen, die mit den verschiedensten ausländischen Flüchen garniert waren, mit ihnen anzustoßen, sie zu Saufereien zu nötigen, Trinklieder in ihre Ohren zu brüllen und von Zeit zu Zeit Pistolen über ihren Köpfen oder unter dem Tisch abzufeuern, ihnen dann ins Gesicht zu lachen und sie zu fragen, wie ihnen der Geruch des Schießpulvers gefalle.

So ging es dem kleinen Dorf Communipaw eine Zeitlang wie jenem unglückseligen, von Teufeln besessenen Wicht, bis Vanderscamp und seine Kaufmannsfreunde zu einer neuen Handelsreise in See stachen. Die »Wilde Gans« wurde geschlossen, und alles fiel wieder in die alte Stille zurück, die nur durch seine nächste Heimsuchung gestört wurde.

Das Rätsel all dieser Vorgänge dämmerte allmählich den trägen Köpfen von Communipaw. Es war die Zeit des berüchtigten Kapitäns Kidd, als die amerikanischen Häfen Stützpunkte für seeräuberische Abenteurer aller Art waren, die unter dem Vorwand von Geschäftsreisen die Westindischen Inseln heimsuchten, die Nordostküste Südamerikas plündernd überfielen, sogar die fernen indischen Gewässer aufsuchten und dann in die englischen Kolonien zurückkehrten, sich ihrer Beute zu entledigen, Trinkgelage abzuhalten und sich für neue Beutezüge zu rüsten.

Vanderscamp hatte in dieser vielversprechenden Schule sein Handwerk gelernt, und als er unter den Freibeutern zu einer bedeutenden Persönlichkeit aufgestiegen war, hatte er sich sein Heimatdorf und das Haus seiner Jugendjahre als ruhigen, abgelegenen, unverdächtigen Ort ausgewählt, wo er und seine Kameraden, während ihre Schiffe bei New York vor Anker lagen, ungestört ihre Feste feiern und ihre Pläne schmieden konnten.

Mit der Zeit zogen diese allzu häufigen und unverschämten freibeuterischen Unternehmungen die Aufmerksamkeit der britischen Regierung auf sich. Energische Maßnahmen wurden ergriffen, die Tätigkeit der Piraten zu unterbinden und sie zu bestrafen. Einige der bekanntesten Freibeuter wurden gefangengenommen und hingerichtet, und drei von Vanderscamps engsten Kameraden, die zügellosesten Säbelrassler der »Wilden Gans«, wurden in Ketten auf der Gibbet-Insel gehängt, von ihrem Schlupfwinkel aus deutlich zu sehen. Was Vanderscamp und seinen Kumpan Pluto selbst betraf, so verschwanden sie abermals, und in Communipaw hoffte man, daß er in der Fremde in einer Rauferei getötet oder an einem Galgen aufgehängt worden war.

Eine Zeitlang war daher der Friede im Dorf wiederhergestellt; die redlichen Holländer schmauchten wieder in Ruhe ihre Pfeifen, wobei sie mit eigenartiger Befriedigung ihre alten Geißeln und Quälgeister, die Piraten, betrachteten, die auf der Gibbet-Insel baumelten und in der Sonne ausdörrten.

Diese vollkommene Ruhe sollte jedoch eines Tages empfindlich gestört werden. Die energische Verfolgung der Piraten ließ allmählich nach. Die Justiz gab sich mit den Exempeln, die statuiert worden waren, zufrieden, und man sprach nicht mehr über Kidd und andere Helden seines Schlages. An einem stillen Sommerabend wurde ein Boot, das ziemlich schwer beladen schien, gesehen, als es auf Communipaw zuruderte. Wie überrascht waren doch die Einwohner des Dorfes, und wie mulmig war ihnen zumute, als sie Jan Jost Vanderscamp sahen, der am Ruder saß, und seinen Kumpan Pluto, der sich in die Riemen legte! Vanderscamp hatte sich jedoch offensichtlich sehr verändert. Er brachte eine Frau mit nach Hause, die eine Xanthippe zu sein und ihn unter ihrer Fuchtel zu haben schien. Er war nicht mehr der prahlerische, stämmige Grobian von ehemals, sondern gab sich als wahrer Kaufmann und sprach davon, sich vom Geschäft zurückzuziehen und in Frieden niederzulassen, um den Rest seiner Tage in seinem Dorf zu verbringen.

Er hielt wieder Haus in der »Wilden Gans«, doch mit vermindertem Glanz und ohne Tumulte. Es ist wahr, Vanderscamp empfing häufig nautische Besucher, und gelegentlich konnte man den Lärm von Gelagen aus seinem Haus schallen hören, doch das schien sich fast insgeheim abzuspielen, und der alte Pluto war der einzige Diener, der bei diesem Orgien seines Amtes waltete. Diese Besucher waren auch ganz und gar nicht von dem ungestümen Schrot und Korn ihrer Vorgänger, sondern ruhige, geheimnisvolle Händler, stets bereit, freundlich zu nicken und zu zwinkern und rätselhafte Gesten zu vollführen, Menschen, bei denen, um ihre Lieblingsphrase zu gebrauchen, »alles ganz in Ordnung war«. Ihre Schiffe ankerten nachts in der unteren Bucht, und auf ein besonderes Signal machte Vanderscamp dann sein Boot los und stattete ihnen, nur von seinem Kumpan Pluto begleitet, geheimnisvolle Besuche ab. Manchmal kamen auch Boote bei Nacht zur »Wilden Gans« herangerudert, und allerlei Waren wurden im Dunkeln an Land gebracht und fortgeschafft – wohin, das wußte niemand. Ein neugieriger Einwohner von Communipaw beobachtete sie dabei; er erhaschte im zufälligen Strahl einer Laterne einen Blick auf die Gesichtszüge einiger dieser nächtlichen Besucher und behauptete, er habe mehr als einen der Piratengäste der »Wilden Gans« aus früheren Zeiten erkannt, woraus er schloß, daß Vanderscamp wieder sein altes Spiel trieb und daß diese geheimnisvolle Ware nichts anderes war als Piratenbeute. Eine freundlichere Deutung lautete jedoch, daß Vanderscamp und seine Kameraden, nachdem sie durch die »Unterdrückungsmaßnahmen der Regierung« ihren alten Geschäftszweig hatten aufgeben müssen, sich aufs Schmuggeln verlegt hatten, um ein Auskommen zu haben.

Wie dem auch sei: ich komme jetzt zum Besonderen, zum Schwerpunkt dieser Geschichte. Eines Nachts geschah es, daß Jan Jost Vanderscamp in seinem leichten Skiff über die weite Bucht, von seinem Kumpan Pluto gerudert, zurückkehrte. Er hatte an einem Trinkgelage an Bord eines neuangekommenen Schiffes teilgenommen und war von dem Alkohol, den er in sich hineingegossen hatte, in seinem Verstand etwas benebelt. Es war eine ruhige, schwüle Nacht, dicke, fahle Wolkenmassen zogen im Westen herauf, begleitet von dem dumpfen Grollen weit entfernten Donners. Vanderscamp befahl Pluto, rascher auszuholen, damit sie vor dem Sturm, der sich zusammenbraute, nach Hause kämen. Der alte Neger gab keine

Antwort, schlug aber einen solchen Kurs ein, daß sie dicht an den felsigen Küsten der Gibbet-Insel vorbeifuhren. Ein schwaches Knarren über ihm veranlaßte Vanderscamp, den Blick zu heben, und zu seinem Entsetzen sah er die Leichen seiner drei Saufkumpane und Frevelbrüder im Mondlicht baumeln; ihre Lumpen flatterten, und ihre Ketten knirschten, als sie von der aufkommenden Brise langsam hin und her geschaukelt wurden.

»Was fällt dir ein, du Holzkopf«, rief Vanderscamp, »so nah an die Insel zu rudern?«

»Ich dachte, Ihr würdet Euch freuen, Eure alten Freunde nochmals zu sehen«, knurrte der Neger. »Vor den Lebenden habt Ihr nie Angst gehabt; wieso fürchtet Ihr Euch vor den Toten?«

»Wer hat denn Angst?« schluckte Vanderscamp, zum Teil vom Alkohol angeheizt, zum Teil durch den Spott des Negers gereizt. »Wer hat denn Angst? Und wenn ich selber am Galgen baumeln müßte – ich würde mich freuen, sie noch einmal in der ›Wilden Gans‹ zu sehen, egal, ob lebendig oder tot. Kommt nur, meine im Winde schaukelnden Freunde!« fuhr er fort, nahm einen Schluck und schwenkte die Flasche über seinem Kopf, »gut Wetter für euch in der anderen Welt! Und wenn ihr heute nacht die Runde macht – der Teufel soll mich holen – ich würde mich freuen, wenn ihr zum Abendessen bei mir hereinschauen würdet.«

Ein grausiges Knirschen war die einzige Antwort. Der Wind pfiff laut und schrill, und als er um den Galgen herum und durch die Gebeine hindurch fuhr, klang es, als lachten und schwatzten sie da oben. Der alte Pluto kicherte vor sich hin und ruderte nun heimwärts. Der Sturm überfiel die Reisenden, als sie noch ein gutes Stück von der Küste entfernt waren. Der Regen fiel in Sturzbächen, der Donner krachte, und der Blitz flammte unaufhörlich. Es war Mitternacht, bevor sie Communipaw erreichten.

Triefend und fröstelnd schleppte sich Vanderscamp nach Hause. Der Sturm ernüchterte ihn völlig; der Regen durchweichte ihn zwar von außen, der Alkohol in seinem Innern blieb jedoch unverdünnt und brannte unvermindert. Als er bei der »Wilden Gans« angekommen war, klopfte er zaghaft und unsicher an die Tür, denn er fürchtete den Empfang, den seine Frau ihm bereiten würde. Er hatte allen Grund dazu. Sie trat ihm an der Schwelle in selten übler Laune entgegen.

»Ist das die Zeit«, sagte sie, »Menschen aus ihrem Bett zu

holen und Gesellschaft nach Hause zu bringen, die das Haus auf den Kopf stellt?«

»Gesellschaft?« sagte Vanderscamp demütig, »ich habe keine Gesellschaft mitgebracht, Frau.«

»Wirklich? Die sind schon vor dir gekommen, aber auf deine Einladung, und prächtig sieht sie aus, deine Gesellschaft, wahrhaftig!«

Vanderscamps Knie gaben nach. »Um Himmels willen, Frau, wo sind sie?«

»Wo? Im blauen Zimmer oben, wo sie sich so zu Hause fühlen, als ob das Haus ihnen gehörte.«

Vanderscamp riß sich in verzweifelter Anstrengung zusammen, kletterte zu dem Zimmer hinauf und stieß die Tür auf. Wahrhaftig, da saßen an dem Tisch, auf dem ein Licht so blau wie Schwefel brannte, die drei Gäste von der Gibbet-Insel, die Schlingen noch um den Hals, und stießen mit ihren Bechern an, als wären sie die allerbesten Freunde, und grölten das alte holländische Freibeuterlied:

»Denn drei frohe Jungs sind wir,
Und drei frohe Jungs sind wir,
Ich auf dem Land und du auf dem Sand
Und Jack an dem Galgen hier.«

Mehr sah und hörte Vanderscamp nicht. Von Grauen gepackt, prallte er zurück, trat auf dem Treppenabsatz fehl und stürzte die ganze Treppe hinunter. Als man ihn aufhob, gab er keinen Ton mehr von sich, und ob es nun von dem Sturm kam oder von der Angst – man begrub ihn am nächsten Sonntag im Hof der kleinen holländischen Kirche von Bergen.

Von diesem Tag an war das Schicksal der »Wilden Gans« besiegelt. Sie wurde zu einem *Spukhaus* erklärt und entsprechend gemieden. Niemand bewohnte sie außer Vanderscamps Xanthippe von einer Witwe und dem alten Pluto, und die beiden hielt man kaum für besser als ihre gespenstischen Besucher. Pluto wurde immer hagerer und mürrischer und wirkte mehr wie ein Dämon aus der Tiefe als wie ein menschliches Wesen. Er sprach mit niemandem, führte aber ständig Selbstgespräche oder unterhielt sich, wie manche einander zuflüsterten, mit dem Teufel, der, obgleich unsichtbar, stets an seiner Seite war. Hie und da wurde er gesehen, wie er allein in seinem Skiff in der Bucht herumruderte, bei düsterem Wetter und bei Anbruch der Nacht, was sich niemand zu erklären wußte, es sei denn, er war unterwegs, um weitere Gäste von den Galgen einzuladen. Ja, es wurde behauptet, daß die »Wilde Gans« noch immer ein Haus war, das solchen Besuchern Gastfreundschaft bot, und daß in stürmischen Nächten das blaue Zimmer gelegentlich festlich beleuchtet war und man Laute teuflischer Belustigungen hören konnte, die sich mit dem Heulen des Sturmes vermischten. Manche taten das als Klatsch ab, bis es in einer solchen Nacht — es war etwa die Zeit der Tagundnachtgleiche — in der »Wilden Gans« einen schrecklichen Tumult gab, der völlig eindeutig war. Es klang weniger nach einem Trinkgelage als nach einem Kampf, bei dem zwei oder drei gellende Schreie durch das ganze Dorf schallten. Trotzdem kam niemandem in den Sinn, zur »Wilden Gans« hinzueilen. Im Gegenteil, die redlichen Bürger von Communipaw zogen sich bei dem Gedanken an Vanderscamp und seine Galgenbrüder die Nachtmützen über die Ohren und steckten den Kopf unter das Kissen.

Am nächsten Morgen wagten die Kühneren und Neugierigeren einen Erkundungsgang. In der »Wilden Gans« war alles stumm und leblos. Die Tür stand gähnend weit auf und war offensichtlich die ganze Nacht offen gewesen, denn der Sturm war wüst ins Haus gefahren. Die Stille und offensichtliche Verlassenheit des Hauses gab ihnen Mut, und sie wagten sich Schritt um Schritt über die Schwelle. Das Haus sah wirklich aus, als sei es von Teufeln heimgesucht worden. Alles stand auf dem Kopf; Truhen waren aufgebrochen worden und Kommoden und Eckschränke durchwühlt, wie in einer Zeit des Sengens und Plünderns, doch der jammervollste Anblick war Jan Jost Vanderscamps Witwe, eine auf dem Fußboden des blauen Zimmers ausgestreckte Leiche, die den Abdruck eines tödlichen Würgegriffs an der Gurgel trug.

Schrecken und Ratlosigkeit herrschten nun in Communipaw, und das Verschwinden des alten Pluto, der nirgends aufzufinden war, führte zu den wildesten Spekulationen. Manche vertraten die Meinung, daß der Neger das Haus an einige von Vanderscamps freibeuterischen Gesellen verraten hatte und daß sie sich alle zusammen mit der Beute aus dem Staub gemacht hatten; andere vermuteten, daß der Neger kein anderer als der Teufel in Person war, der nun sein Ziel erreicht und sich mit seinem Anteil davongemacht hatte.

Die Ereignisse wuschen jedoch den Neger von dieser letzten Verdächtigung rein. Sein Skiff wurde aufgefischt, als es in der

Bucht kieloben, wie in einem Sturm gekentert, herumtrieb, und seine Leiche wurde kurz darauf von Fischern aus Communipaw gefunden, zwischen den Felsen der Gibbet-Insel, nahe bei den Galgen der Piraten angeschwemmt. Die Fischer schüttelten den Kopf und bemerkten, der alte Pluto habe einmal zuviel das Wagnis unternommen, Gäste von der Gibbet-Insel einzuladen.

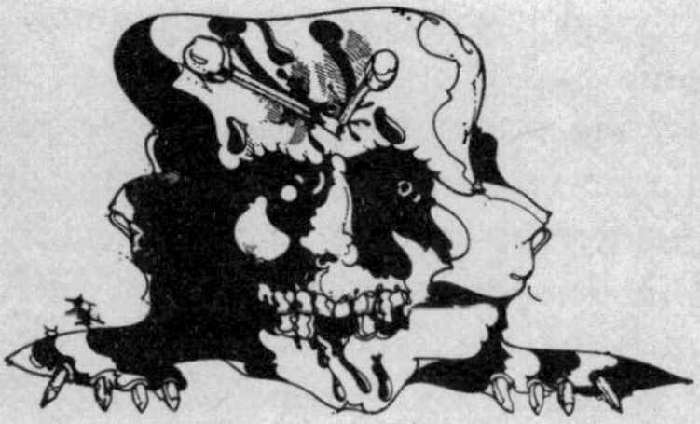

WASHINGTON IRVING

Die gespenstische Insel

Im 15. Jahrhundert, als Prinz Heinrich von Portugal, werten Angedenkens, damit beschäftigt war, die Westküste Afrikas zu erforschen, und die Welt von Berichten über Goldgebiete auf dem Festland und neuentdeckte Inseln im Ozean widerhallte, tauchte in Lissabon ein alter, konfuser Seemann auf, der in Stürmen wer weiß wohin getrieben worden war und von einer Insel mitten im Ozean schwärmte, auf der er gelandet, die von Christen bevölkert und von schönen Städten geziert war.

Die Einwohner, so erzählte er, denen nie zuvor ein Schiff einen Besuch abgestattet hatte, versammelten sich um ihn und betrachteten ihn mit Verwunderung. Sie sagten, sie seien die Nachkommen einer Gruppe von Christen, die von Spanien geflohen seien, als dieses Land von den Moslems erobert worden war. Sie waren begierig, etwas über ihr Vaterland zu erfahren, und traurig, zu hören, daß die Moslems noch immer das Königreich Granada in ihrem Besitz hatten. Sie wollten den alten Seebären zur Kirche mitnehmen, um ihn von ihrer Rechtgläubigkeit zu überzeugen, doch, sei es aus Mangel an Frömmigkeit oder weil er ihren Worten nicht genügend Glauben schenkte, er lehnte ihre Einladung ab und zog es vor, an Bord seines Schiffes zurückzukehren. Er wurde entsprechend bestraft. Ein wüster Sturm erhob sich, riß ihn von seiner Ankerstelle, schleuderte ihn ins Meer hinaus, und er sah die unbekannte Insel nie wieder.

Diese seltsame Geschichte löste in Lissabon und anderswo große Verwunderung aus. Wer in der Historie bewandert war, erinnerte sich, in einer alten Chronik gelesen zu haben, daß zur Zeit der Eroberung Spaniens, im 8. Jahrhundert, als das heilige Kreuz niedergerissen und der Halbmond an seiner Stelle aufgerichtet wurde und als die christlichen Kirchen in mohammedanische Moscheen verwandelt wurden, sieben Bischöfe an der Spitze von sieben Gruppen frommer Flüchtiger von der Halbinsel geflohen waren und sich einschifften, auf der Suche nach einer Insel im Ozean oder einem fernen Land, wo sie sieben christliche Städte finden und sich ungestört an ihrem Glauben erfreuen könnten.

Das Schicksal dieser fahrenden Heiligen war bisher in Dunkel gehüllt geblieben, und ihre Geschichte war aus dem Gedächtnis der Menschen geschwunden, doch der Bericht des alten, vom Sturm umhergeworfenen Seemannes erweckte dieses längst vergessene Thema wieder zum Leben, und die Frommen und Schwärmerischen kamen zu dem Schluß, daß die Insel, die so zufällig wiederentdeckt worden war, jener Zufluchtsort sein mußte, zu dem die fahrenden Bischöfe durch die schützende Vorsehung geleitet worden waren und wo sie sich mit ihrer Herde niedergelassen hatten.

Diese stets leicht zu begeisternde Welt hat immer irgendein Lieblingsziel visionärer Unternehmungen; die »Insel der Sieben Städte« weckte nun bei den fanatischen Christen so viel Verlangen und Sehnsucht wie die berühmte Stadt Timbuktu bei den Abenteurern oder die Nordwestpassage bei den verwegenen Seefahrern, und die Gläubigen pflegten häufig darum zu beten, daß dieser zerstreute und verlorene Teil der christlichen Familie wiederentdeckt und mit der Masse der Christenheit wiedervereinigt werden möchte.

Niemand widmete sich der Angelegenheit jedoch mit nur halb so viel Hingabe wie Don Fernando de Ulmo, ein junger Edelmann hohen Standes am portugiesischen Hof, der von überaus heißblütiger und romantischer Gemütsart war. Er hatte kürzlich ein Vermögen geerbt und sich allen Arten von Vergnügungen und Zerstreuungen ergeben, als dieses neue Wunder zum Stadtgespräch wurde. Die Insel der Sieben Städte beherrschte nun unaufhörlich seine Gedanken bei Tage und seine Träume bei Nacht: sie beherrschte ihn fast so stark wie seine Leidenschaft für ein wunderschönes Mädchen, eine der größten Schönheiten von Lissabon, mit der er verlobt war. Schließlich entzündete sich seine Phantasie an diesem Gegenstand so sehr, daß er beschloß, auf eigene Kosten eine Expedition auszurüsten und auf der Suche nach dieser geheiligten Insel in See zu stechen. Es konnte sich um keine allzu weite Reise handeln, denn nach den Berechnungen des sturmgepeitschten Seemannes mußte sie irgendwo auf gleicher Breite wie die Kanarischen Inseln liegen, die zu der Zeit, als die Neue Welt noch nicht entdeckt war, die Grenze der Ozeanfahrten bildeten. Don Fernando wandte sich an die Krone um Unterstützung und Schutz. Da er bei Hofe ein Günstling war, wurde ihm die übliche Protektion bereitwillig gewährt, das heißt, er erhielt vom König Dom Ioam II. eine Vollmacht, die ihn zum Adalantado oder Militärgouverneur eines jeden Landes, das er entdecken würde, ernannte, mit dem einzigen Vorbehalt, daß er alle Auslagen dieser Entdeckungsreise selbst bestreiten und ein Zehntel der Gewinne an die Krone abführen müsse.

Don Fernando machte sich nun im wahren Geiste eines Organisators an die Arbeit. Er verkaufte Hektar um Hektar guten Landes und investierte den Erlös in Schiffen, Kanonen, Munition und Proviant. Er belegte sogar seinen alten Familiensitz in Lissabon ohne Skrupel mit einer Hypothek, denn er sah sich bereits in einem Palast in einer der Sieben Städte, in der er Adalantado sein würde. Es war das Zeitalter seemännischer Romantik, in dem die Gedanken aller unternehmungslustigen Träumer sich auf das Meer richteten. Don Fernandos Plan zog daher Abenteurer jeder Art an. Der Kaufmann versprach sich davon neue Märkte mit üppigem Geschäftsverkehr; der Soldat sah sich schon in der einen oder anderen dieser Sieben Städte sengen und plündern — sogar der fette Mönch schüttelte die schlappe Schläfrigkeit des Klosters ab, um sich einem Kreuzzug anzuschließen, der für die Besitzungen der Kirche so ungeheuren Zuwachs versprach.

Nur ein einziger Mann betrachtete das ganze Unternehmen mit überlegener Verachtung und grollender Feindseligkeit. Das war Don Ramiro Alvarez, der Vater der schönen Serafina, mit der Don Fernando verlobt war. Er war einer jener verstockten, nüchternen alten Männer, die sich jedem romantischen Plan entgegenstellen. Er glaubte nicht an die Insel der Sieben Städte, hielt den geplanten Kreuzzug für eine verschrobene Laune, verfolgte mit bösem Blick und heimlichem Haß das Betragen seines zukünftigen Schwiegersohnes, der gutes Land für Traumland verschacherte, und titulierte ihn höhnisch Adalantado von Wolkenkuckucksheim. Die beabsichtigte Heirat war ohnehin nie nach seinem Geschmack gewesen, und nur die Tränen und inständigen Bitten seiner Tochter hatten ihm seine Zustimmung langsam abgerungen. Zwar konnte er keinen vernünftigen Einwand gegen den jungen Mann vorbringen, denn Don Fernando war die Blüte der portugiesischen Ritterschaft. Beim Turnierkampf oder beim Pferdewettlauf übertraf ihn keiner; keiner war beim Stierkampf kühner und geschickter; keiner dichtete galantere Madrigale zum Lob der Reize seiner Dame, keiner trug sie mit melodischerer Stimme zu den begleitenden Klängen der Gitarre vor, und keiner konnte auch mit gewinnenderer Anmut die Kastagnetten schlagen und den Bolero tanzen. All diese bewundernswerten Fähigkeiten und Talente waren jedoch, wenn sie auch genügt hatten, Serafinas Herz zu gewinnen, in den Augen ihres unvernünftigen Vaters nichts. O Cupido, Gott der Liebe! Warum sind Väter immer so unvernünftig?

Die Verlobung mit Serafina drohte zunächst ein Hindernis für Don Fernandos geplante Expedition zu werden und stürzte ihn eine Zeitlang in tiefe Unschlüssigkeit. Er war der jungen Dame leidenschaftlich zugetan, doch er hing mit gleicher Leidenschaft an seinem romantischen Vorhaben. Wie sollte er diese beiden leidenschaftlichen Neigungen miteinander in Einklang bringen? Schließlich bot sich eine einfache und auf der Hand liegende Lösung an: Serafina heiraten, einen Teil der Flitterwochen sogleich genießen und den Rest bis zu seiner Rückkehr von der Entdeckung der Sieben Städte verschieben!

Er beeilte sich, Don Ramiro diese glänzende Idee zur Kenntnis zu bringen, doch da brach der ganze, lang unterdrückte Zorn des alten Edelmannes hervor. Er warf ihm an den Kopf, von streunenden Vagabunden und zügellosen Pläneschmieden gefoppt worden zu sein und seinen wirklichen Besitz auf der Jagd nach Luftblasen verschleudert zu haben. Don Fernando war ein zu heißblütiger Unternehmer und noch zu jung, um solche Töne zahm anzuhören. Er reagierte mit explosivem Elan darauf. Ein heftiger Streit folgte; Don Ramiro erklärte ihn zu einem Irren und verbot ihm jeden weiteren Umgang mit seiner Tochter, bis er durch Aufgabe seines unsinnigen Vorhabens den Beweis für seine geistige Gesundung geliefert habe; Don Fernando lief aus dem Haus, durch den Gedanken, wie er über die Ungläubigkeit des Graubarts triumphieren werde, wenn er erfolgreich zurückkehrte, mehr denn je auf die Expedition erpicht. Don Ramiro schwante Böses. Wer weiß, dachte er, ob dieser wahnsinnige Phantast nicht meine Tochter überredet, mit ihm wegzulaufen und seinen Thron in seinem unbekannten Paradies der Narren mit ihm zu teilen? Wenn ich sie nur sicher wüßte, bis seine Schiffe weit genug auf See sind!

Er begab sich zu ihren Gemächern, hielt ihr das leichtblütige, unstete Wesen ihres Liebsten und den chimärischen Charakter seiner Pläne vor Augen und erklärte ihr, die Schicklichkeit verlange, daß sie jeden Umgang mit ihm aufschiebe, bis er sich von seinen Halluzinationen erholt habe. Sie neigte den Kopf, als füge sie sich den väterlichen Wünschen, worauf er sie in väterlicher Zärtlichkeit an seine Brust drückte und eine Träne wegküßte, die sich über ihre Wange stahl, doch als er das Zimmer verließ, drehte er sachte den Schlüssel im Schloß um, denn obwohl er ein zärtlicher Vater war und eine hohe Meinung vom töchterlichen Gehorsam seines Kindes hegte, hatte er eine noch höhere Meinung von dem althergebrachten Nutzen von Schloß und Riegel und war entschlossen, auf sie zu vertrauen, bis die Karavellen in See gestochen waren. Ob die Jungfrau in ihrem Glauben an die Pläne ihres Liebsten durch die beredten Worte ihres Vaters irgendwie erschüttert war, ist nicht überliefert; sicher ist aber, daß sie in dem Augenblick, da sie hörte, wie sich der Schlüssel im Schloß drehte, einen festen Glauben an die Insel der Sieben Städte faßte.

Die Tür war verschlossen, ihr Wille jedoch ungebändigt. Ein Zimmer ihres Gemachs ging auf einen jener steinernen Balkone hinaus, die ein Gitter aus Eisenstäben haben und an den portugiesischen und spanischen Häusern wie große Käfige kleben. Auf diesem Balkon hielt die schöne Serafina ihre Vögel und Blumen, und hier pflegte sie in Mondnächten wie in einer Laube zu sitzen, auf ihrer Gitarre zu klimpern und wie eine emsige Nachtigall zu singen. Von diesem Balkon aus wurden nun die Beziehungen zwischen den Liebenden, gegen die Don Ramiros Schloß und Riegel machtlos waren, aufrechterhalten. Den ganzen Tag über war Don Fernando damit beschäftigt, in aller Eile seine Schiffe auszurüsten, doch am Abend fand er sich zu einem verliebten Geplauder unter dem Fenster seiner Angebeteten ein.

Schließlich waren alle Vorbereitungen abgeschlossen. Zwei stattliche Karavellen lagen im Tagus vor Anker, bereit, bei Sonnenaufgang Segel zu setzen. Spät in der Nacht hatten die Liebenden im fahlen Licht des schwindenden Mondes ihr letztes Stelldichein. Die schöne Serafina war traurig und voll düsterer Vorahnungen, ihr Liebster voller Hoffnung und Zuversicht. »Nur ein paar Monate«, sagte er, »dann werde ich im Triumph zurückkehren. Dein Vater wird sich seiner Ungläubigkeit schämen und sich beeilen, den Adalantado der Sieben Städte in seinem Haus willkommen zu heißen.«

Die liebliche Jungfrau schüttelte den Kopf. Darauf richtete sich ihr Mißtrauen nicht. Sie glaubte fest an die Insel der Sieben

Städte und war so sehr vom Erfolg des Unternehmens überzeugt, daß sie, wäre der Balkon nicht so hoch und das Gitter nicht so stark gewesen, in Versuchung geraten wäre, daran teilzunehmen. Andere Überlegungen bewogen sie, zweifelnd den Kopf zu schütteln. Sie hatte von der Unbeständigkeit des Meeres und auch von der Unbeständigkeit der Menschen, die sich auf ihm herumtrieben, gehört. Konnte sich Don Fernando nicht in fremden Häfen in andere Mädchen verlieben? Konnte nicht irgendeine unvergleichliche Schönheit in der einen oder anderen der Sieben Städte das Bildnis Serafinas aus seinem Gedächtnis verdrängen? Wir wollen die Wahrheit nicht verhehlen – die schöne Serafina hatte guten Grund für ihre Besorgnisse. Wenn Don Fernando einen Fehler hatte, so war es der, daß er leicht entflammbar war und durch einen Blick aus funkelnden Augen leicht Feuer fing. Er war zu Lande ein rechter Herumtreiber unter dem schönen Geschlecht gewesen – wie würde er auf See sein?
Sie wagte, ihren Zweifeln Ausdruck zu verleihen, aber er wies die bloße Vorstellung empört zurück. Was? Er Serafina untreu! Er vor dem Altar einer anderen Schönheit niederknien! Niemals! Niemals! Immer wieder beugte er das Knie und warf sich in die Brust und rief den silbernen Mond als Zeugen seiner Aufrichtigkeit und Treue an.
Er kehrte sogar den Spieß um: konnte Serafina nicht selbst das Gelöbnis ihrer Treue vergessen? Konnte sich nicht, während er von den Wogen des Meeres geschüttelt wurde, ein reicherer Rivale einstellen und mit Unterstützung ihres Vaters seinen kostbaren Schatz, ihre Hand, gewinnen?
Die schöne Serafina hob ihre weißen Arme zwischen den Eisenstäben des Balkons, und wie der Liebste rief sie den Mond zum Zeugen ihres Gelöbnisses an. Ach! Wie wenig kannte Fernando doch ihr Herz. Je hartnäckiger ihr Vater auf seinen Wünschen bestehen würde, desto mehr würde sie das in ihrer Treue bestärken. Und sollten auch Jahre vergehen, Fernando würde sie nach seiner Rückkehr als treue Liebende vorfinden. Und sollte ihn auch die salzige See verschlingen (und ihre Augen vergossen salzige Tränen bei dem bloßen Gedanken), nie würde sie die Frau eines anderen werden! – Niemals! *Niemals!* NIEMALS! Sie zog einen Ring von ihrem Finger, der als Stein einen herzförmigen Rubin trug, und ließ ihn, als Abschiedsgelöbnis der Beständigkeit, vom Balkon fallen.
So trennten sich die Liebenden mit manch zärtlichem Wort

und heißem Schwur. Aber würden sie diese Schwüre halten? Schwinde, Zweifel! Hatten sie nicht den beständigen Mond zum Zeugen angerufen?
In der Morgendämmerung lichteten die Karavellen im Tagus den Anker und stachen in See. Sie hielten Kurs auf die Kanarischen Inseln, die in jenen Tagen Gefilde nautischer Entdekkungen und der Romantik und Außenposten der bekannten Welt waren — denn bis dahin hatte Kolumbus seine Schiffe noch nicht wagemutig über den Ozean geführt. Sie hatten kaum jene Breiten erreicht, als sie durch einen heftigen Sturm auseinandergerissen wurden. Viele Tage lang trieb Don Fernandos Karavelle, der Gnade der Elemente ausgeliefert, umher; alle seemännischen Künste fruchteten nichts, der Untergang schien unvermeidlich, und die Mannschaft war in Verzweiflung. Plötzlich legte sich der Sturm, das Meer beruhigte sich, die Wolken, die das Antlitz des Himmels verhüllt hatten, wurden mit einem Mal weggezogen, und die im Sturm hin und her geworfenen Seeleute erblickten eine schöne und bergige Insel, die wie durch Zauberei aus der Düsternis auftauchte. Sie rieben sich die Augen und starrten eine Zeitlang fast ungläubig darauf, und doch lag die Insel als herrliche Landschaft da, und die vordem stürmische See bespülte ihre Ufer mit sanften Wogen.
Der Kapitän der Karavelle studierte seine Karten und Aufzeichnungen; in diesem Teil der Welt war keine derartige Insel eingezeichnet. Zwar hatte er während des Sturms ihren Standort verloren, doch nach seinen Berechnungen konnten sie nicht weit von den Kanarischen Inseln sein, und das war nicht eine der Gruppen dieser Inseln. Die Karavelle lag nun in völliger Windstille vor der Mündung eines Flusses, an dessen Ufern man, etwa eine Meile entfernt, eine schöne Stadt mit hohen Mauern und Türmen und einem dräuenden Schloß gewahrte.
Nach einiger Zeit tauchte eine imposante Barke mit sechzehn Rudern auf dem Fluß auf und näherte sich der Karavelle. Sie trug wunderliche Schnitzereien und Vergoldungen; die Ruderer waren altertümlich gekleidet, ihre Ruder leuchteten, karmesinrot bemalt, und sie kamen langsam und feierlich näher, wobei sie nach dem Rhythmus eines alten spanischen Liedes im Takt ruderten. Unter einem seidenen Baldachin am Heck saß ein prächtig gekleideter Edelmann, und über seinem Kopf wehte ein Banner, das das heilige Emblem des Kreuzes trug.

Als die Barke die Karavelle erreicht hatte, kletterte der Edelmann an Bord. Er war groß und hager, hatte ein langes Gesicht von spanischem Schnitt, einen Schnurrbart, der sich bis zu seinen Augen zwirbelte, und einen gabelförmig geteilten Bart. Er trug Panzerhandschuhe, die bis zu seinen Ellenbogen reichten, einen Toledodegen, der nach hinten ragte, mit einem Korbgriff, in dem er sein Taschentuch trug. Er sah vornehm und steif aus und verriet eindeutig den Hidalgo. Er streckte ein langes, dürres Bein vor, nahm einen riesigen Sombrero ab und schwenkte ihn so, daß die Feder den Boden berührte, begrüßte Don Fernando in alter kastilianischer Sprache und hieß ihn mit alter kastilianischer Höflichkeit auf der Insel der Sieben Städte willkommen.

Don Fernando war von Staunen überwältigt. Konnte das wahr sein? War er wirklich vom Sturm zu eben dem Land getrieben worden, das er suchte?

Genauso war es. Just an diesem Tag feierten die Einwohner ein Fest zum Gedenken der Rettung ihrer Ahnen vor den Mauren. Die Ankunft der Karavelle gerade zu diesem Zeitpunkt wurde als gutes Omen betrachtet — als Erfüllung einer alten Prophezeiung, derzufolge die Insel in die große Gemeinschaft der Christenheit zurückgeführt würde. Der Edelmann vor ihm war ein Kammerherr, den der Kommandant der Festung ausgesandt hatte, Fernando zu den Festlichkeiten in der Hauptstadt einzuladen.

Don Fernando konnte kaum glauben, daß all das kein Traum war. Er stellte sich vor und erklärte den Zweck seiner Reise. Der Kammerherr seinerseits erklärte, all das sei in vollkommener Übereinstimmung mit der alten Prophezeiung, und er werde, sowie er sein Beglaubigungsschreiben vorgelegt habe, als Adalantado der Sieben Städte anerkannt. Mittlerweile gehe der Tag zur Neige, die Barke sei bereit, ihn an Land zu bringen, und werde ihn, des könne er sicher sein, auch wieder zurückbringen.

Don Fernandos Kapitän, ein Seeveteran, zog ihn beiseite, warnte ihn, auf das bloße Wort eines Fremden hin in einer fremden Barke an einem unbekannten Strand zu landen. »Wer weiß, Señor, was für ein Land das ist, oder was für Menschen es bewohnen?«

Don Fernando war nicht umzustimmen. Hatte er nicht an diese Insel geglaubt, als die ganze Welt gezweifelt hatte? Hatte er nicht Wind und Wellen getrotzt, um sie zu finden, und sollte er sich nun nicht an ihre Ufer wagen, da sie in ruhigem Wetter vor ihm lag? Mit einem Wort, war nicht sein Glaube der Grundstein seines ganzen Unternehmens?

Nachdem er sich also in seinen Galaanzug geworfen hatte, der dieser Gelegenheit angemessen war, nahm er in der Barke Platz. Der Kammerherr setzte sich ihm gegenüber. Die Ruderer legten sich in die Riemen und nahmen die traurige alte Weise wieder auf, und die prächtige, aber schwerfällige Barke glitt langsam durch das Wasser.

Die Nacht brach herein, bevor sie den Fluß erreichten und an Felsen und Vorgebirgen — jedes von einem Turm bewacht — vorüberglitten. Bei jedem Wachturm wurden sie vom Posten angerufen.

»Wer da?«

»Der Adalantado der Sieben Städte.«

»Willkommen, Señor Adalantado. Ihr könnt passieren.«

Als sie in den Hafen kamen, ruderten sie nahe an einer bewaffneten Galeere altertümlicher Bauart vorbei. Soldaten mit Armbrüsten patrouillierten auf Deck.

»Wer da?«

»Der Adalantado der Sieben Städte.«

»Willkommen, Señor Adalantado. Ihr könnt passieren.«

Sie landeten an einer breiten, steinernen Treppe, die zwischen zwei massiven Türmen nach oben führte, und klopften am Schleusentor an. Ein Wachposten in altertümlichem eisernem Helm schaute vom Wachturm herab.

»Wer da?«

»Der Adalantado der Sieben Städte.«

»Willkommen, Señor Adalantado.«

In den rostigen Angeln knirschend, schwang das Tor auf. Sie kamen an zwei weiteren Reihen von Kriegern in gotischer Rüstung, mit Armbrüsten, Streitkolben, Kampfäxten und Gesichtern, die so altmodisch waren wie ihre Rüstung, vorbei. In den Straßen gab es Prozessionen, im Gedenken an die Ankunft der sieben Bischöfe und ihres Gefolges, und Freudenfeuer, bei denen Nachbildungen nichtsnutziger Mauren durch eine Art Autodafé dafür büßten, daß diese einst in die Christenheit eingebrochen waren. Die Gruppen rund um die Feuer sahen in ihren sonderbaren Gewändern wie die phantastischen Gestalten aus, die sich zur Zeit des Karnevals auf den Straßen herumtreiben. Sogar die Edelfrauen, die von den gotischen Balkonen herabblickten, von denen altmodische Wandteppiche hingen, erinnerten an Abbilder in weihnachtlichem Mummenschanz. Kurzum, alles trug den Stempel vergangener Zeiten, als sei die Welt plötzlich mehrere Jahrhunderte zurückgedreht worden. Doch das war eigentlich kein Wunder. Denn war die Insel der Sieben Städte nicht mehrere hundert Jahre lang von der übrigen Welt abgeschnitten gewesen, und waren dies nicht die Moden und Gebräuche des gotischen Spaniens, bevor es von den Mauren erobert wurde?

Als sie beim Palast des Kommandanten angekommen waren, klopfte der Kammerherr ans Portal. Der Pförtner schaute durch ein Fensterchen und fragte, wer da sei.

»Der Adalantado der Sieben Städte.«

Das Portal schwang weit auf. Der Kammerherr ging eine breite, reich verzierte marmorne Treppe voran, in eine Festhalle, wo sich der Kommandant und mehrere Hauptwürdenträger der Stadt befanden, die in Gestalt und Gesichtszügen eine wunderliche Ähnlichkeit mit den seltsamen Figuren in alten illustrierten Manuskripten aufwiesen.

Der Kammerherr trat vor und verkündete Namen und Titel des fremden Gastes und die außerordentliche Art seiner Mission. Die Ankündigung schien keine besondere Aufregung oder Überraschung auszulösen, sondern als erwartete Erfüllung einer Prophezeiung entgegengenommen zu werden.

Don Fernando wurde äußerst huldvoll empfangen, wenn auch im gleichen Stil steifer Höflichkeit, der überall vorherrschte. Er wollte schon sein Beglaubigungsschreiben hervorziehen, doch man winkte höflich ab. Dieser Abend war großen Festlichkeiten gewidmet, der folgende Tag, wenn er mit seiner Karavelle im Hafen anlegte, war Geschäften vorbehalten, und dann würde das Beglaubigungsschreiben in gebührlicher Weise in Empfang genommen und er in sein Amt als Adalantado der Sieben Städte eingeführt werden.

Don Fernando wurde nun durch eine jener unendlichen Zimmerfluchten, den Stolz spanischer Paläste, geführt, deren Räume alle mit altertümlicher Pracht möbliert waren. In einem riesigen Salon, von Wachskerzen hell erleuchtet, waren die ganze Aristokratie und die vornehme Gesellschaft der Stadt versammelte, stattliche Edelfrauen und Edelleute, das genaue Abbild der Figuren auf den Teppichen, die die Wände schmückten. Fernando starrte in schweigender Verwunderung. Es war ein Spiegelbild der stolzen Aristokratie Spaniens zur Zeit von Roderich dem Goten.

Die Festlichkeiten des Abends vollzogen sich alle in Form eines ernsten und antiquierten Zeremoniells. Es wurde getanzt, aber das war, als habe man die alten Wandteppiche in Bewegung gesetzt, und als bewegten sich die Gestalten darauf mit abgemessenen Schritten über den Boden. Nur eine Ausnahme gab es, und sie machte tiefen Eindruck auf den für weibliche Reize empfänglichen Adalantado. Die Tochter des Kommandanten – was für eine vollerblühte, hinreißende Schönheit! Ihr Gewand zwar – um die Wahrheit zu sagen – war ebenso vorsintflutlich wie die Gewänder ihrer Nachbarinnen, doch sie hatte die schwarzen andalusischen Augen, deren Blick unter langen dunklen Wimpern unwiderstehlich ist. Auch ihre Stimme, ihr Benehmen, ihre schmiegsamen Bewegungen, alles hatte andalusischen Anstrich und bewies, daß weibliche Reize von einem Zeitalter zum nächsten und von einer Gegend zur anderen überliefert werden können, ohne je unmodern zu werden. Wer den Zauber des anderen Geschlechts in jenem amourösesten Teil des amourösen alten Spaniens kennt, kann wohl die Faszination ermessen, der Don Fernando ausgesetzt war, als er mit einem seiner bezauberndsten Abkömmlinge am Tanz teilnahm.
Er saß beim Bankett neben ihr – welch ein Fest der alten Welt! Welch altmodische Delikatessen! Am Kopf des Tisches wurde ein Pfau, dieser Vogel für pompöse Feste und Zeremonien, auf einem goldenen Teller in seiner ganzen Federpracht serviert. Als Don Fernando den Blick die glitzernde Tafel hinabschweifen ließ, was für eine Aussicht auf seltsame Köpfe und Frisuren bot sich ihm da – auf steife, bärtige Würdenträger und imposante Damen mit turmartiger Lockenpracht und hochragenden Federn! Nimmt es da wunder, daß er sich von diesen antiquierten Gestalten freudig der Tochter des Kommandanten zuwandte, die ganz Lächeln und Grübchen war, voll schmelzender Blicke und schmelzender Töne? Außerdem – denn ich möchte für ihn jede nur mögliche Entschuldigung geltend machen – war er durch die Ungewöhnlichkeit der ganzen Szenerie, durch die Verwirklichung all seiner Hoffnungen und Träume und durch einen häufigen Schluck aus dem Weinbecher, der ihm alle naselang während des Banketts von Dienern offeriert wurde, in einer besonders leicht erregbaren Stimmung.
Mit einem Wort – das läßt sich nicht verhehlen – machte Don Fernando, noch bevor der Abend vorüber war, der Tochter des

Kommandanten mit allem Nachdruck den Hof. Sie waren zusammen zu einem mondbeschienenen Balkon des Palastes spaziert, und er entzückte ihr Ohr mit einem jener Liebeslieder, mit dem er, vor einem ähnlichen Balkon, der schönen Serafina ein Ständchen gebracht hatte.
Die Jungfrau senkte schüchtern-kokett den Kopf. »Ach, Señor, das sind schmeichelnde Worte, aber ihr Edelleute, die ihr auf dem Meer umherstreift, seid so unstet wie seine Wellen. Morgen werdet Ihr in das Amt des Adalantado der Sieben Städte eingeführt werden, und dann werdet Ihr nicht mehr an die Tochter des Kommandanten denken.«
Im Rausch des Augenblicks rief Don Fernando den Mond als Zeugen seiner Aufrichtigkeit an. Als er die Hand zum Schwur hob, warf der keusche Mond einen Strahl auf den Ring, der an seinem Finger funkelte. Er zog den Blick der Jungfrau auf sich. »Señor Adalantado«, sagte sie schelmisch, »zum Mond habe ich kein Vertrauen, aber gebt mir den Ring an Eurem Finger als Pfand für die Wahrheit dessen, was Ihr beteuert.«
Der galante Adalantado war von Überraschung übermannt; er konnte dieser plötzlichen Bitte nicht ausweichen, und bevor er Zeit hatte nachzudenken, funkelte der Ring der schönen Serafina bereits am Finger der Tochter des Kommandanten.
In diesem ereignisreichen Augenblick näherte sich der Kammerherr mit vornehmer Haltung und verkündete, die Barke warte, um ihn zur Karavelle zurückzubringen. Ich unterlasse es, den feierlichen Abschied vom Kommandanten und seinen Würdenträgern und das zärtliche Lebewohl der Tochter des Kommandanten zu schildern. Fernando nahm seinen Platz in der Barke gegenüber vom Kammerherrn ein. Die Ruderer handhabten ihre karmesinroten Ruder wieder in der gleichen langsamen und würdigen Art zum Takt desselben traurigen alten Liedes. Fernandos Kopf schwirrte von allem, was er gesehen hatte, und hie und da fühlte er einen Stich im Herzen, wenn er an seine vorübergehende Untreue der schönen Serafina gegenüber dachte. Die Barke fuhr auf das Meer hinaus, aber keine Karavelle war zu sehen; zweifellos war sie durch eine Strömung im Fluß ein Stück fortgetrieben worden. Die Ruderer ruderten weiter; ihr monotoner Gesang hatte eine einlullende Wirkung. Schläfrigkeit überfiel Don Fernando. Die Dinge verschwammen vor seinen Augen. Die Ruderer nahmen sonderbare Gestalt an, wie in einem Traum. Der Kammerherr wurde größer und größer und dünner und dünner. Er nahm

seinen riesigen Sombrero ab und hielt ihn über Don Fernandos Kopf, wie jemand, der ein Löschhütchen über eine Kerze hält. Don Fernando kauerte sich darunter zusammen; er hatte ein Gefühl, als sinke er in eine Mulde.
»Gute Nacht, Señor Adalantado der Sieben Städte!« sagte der Kammerherr.
Der Sombrero neigte sich langsam herab — Don Fernando war ausgelöscht!
Wie lange er ausgelöscht blieb, weiß kein Sterblicher zu sagen. Als er wieder zu Bewußsein kam, fand er sich in einer fremden Kajüte wieder und war von Fremden umgeben. Er rieb sich die Augen und blickte wild um sich. Wo war er? An Bord eines portugiesischen Schiffes, das nach Lissabon fuhr. Wie war er dahin gekommen? Man hatte ihn bewußtlos von einem Wrack aufgefischt, das auf dem Meer trieb.
Don Fernando wurde immer verwirrter und bestürzter. Nach und nach erinnerte er sich an alles, was ihm auf der Insel der Sieben Städte widerfahren war, bis der Sombrero des Kammerherrn ihn ausgelöscht hatte.
Aber was war seither mit ihm geschehen? Was war aus seiner Karavelle geworden? War sie das treibende Wrack, auf dem man ihn gefunden hatte?
Die Leute, die um ihn herumstanden, konnten ihm darüber nichts sagen. Er flehte sie an, ihn zur Insel der Sieben Städte zu bringen, die nicht weit entfernt sein könne. Er erzählte ihnen alles, was ihm dort begegnet war. Daß er dort nur zu landen brauche und man werde ihn als Adalantado empfangen; er werde sie dann fürstlich für ihre Dienste belohnen.
Sie hielten seine Worte für Fieberphantasien, und in ihrer ehrlichen Besorgnis um die Wiederherstellung seines Verstandes gaben sie ihm so abscheuliche Arzneien, daß er den Gegenstand schleunigst fallenließ und ein vorsichtiges Schweigen bewahrte.
Schließlich erreichten sie den Tagus und gingen vor der berühmten Stadt Lissabon vor Anker. Don Fernando stürzte froh an Land und eilte zu seinem Familiensitz. Ein fremder Pförtner öffnete die Tür, der nichts von ihm oder seiner Familie wußte; seit vielen Jahren hatte niemand dieses Namens das Haus bewohnt.
Nun machte Fernando sich zu Don Ramiros Haus auf. Er trat an den Balkon heran, unter dem er Serafina Lebewohl gesagt hatte. Trogen ihn seine Augen? Nein! Da war Serafina selbst

zwischen den Blumen auf dem Balkon. Mit einem Ausruf des Entzückens hob er ihr die Arme entgegen. Sie warf ihm einen ärgerlichen Blick zu, zog sich hastig zurück und schloß den Fensterflügel mit einem Knall, der ihr Mißvergnügen deutlich kundtat.

Konnte sie von seinem Flirt mit der Tochter des Kommandanten gehört haben? Aber das war doch nur eine flüchtige Artigkeit gewesen. Eine kurze Aussprache würde jeden Zweifel in bezug auf seine Treue zerstreuen.

Er klopfte an die Tür; als der Pförtner öffnete, eilte er die Treppe hinauf, ging zu dem wohlbekannten Gemach und warf sich Serafina zu Füßen. Erschrocken wich sie zurück und flüchtete sich in die Arme eines jungen Edelmannes.

»Was fällt Euch ein, Señor«, rief dieser, »hier so einzudringen?«

»Was für ein Recht habt Ihr, so eine Frage zu stellen?« fragte Don Fernando hitzig.

»Das Recht des Verlobten!«

Don Fernando sprang auf und wurde blaß. »O Serafina! Serafina!« rief er schmerzvoll, »ist dies deine gelobte Treue?«

»Serafina? Was meint Ihr mit Serafina, Señor? Wenn dies die Dame ist, die Ihr sucht – ihr Name ist Maria.«

»Kann ich denn meinen fünf Sinnen nicht trauen? Darf ich meinem Herzen nicht trauen?« rief Don Fernando. »Ist das nicht Serafina Alvarez, das Original jenes Porträts, das, weniger wankelmütig als sie selbst, noch immer von der Wand auf mich herablächelt?«

»Heilige Jungfrau!« rief das Fräulein und schaute auf das Porträt. »Er spricht von meiner Urgroßmutter!«

Es folgte eine Erklärung – wenn man es eine Erklärung nennen kann –, die den unglücklichen Fernando in zehnfache Verwirrung stürzte. Wenn er seinen Augen Glauben schenkte, so sah er seine geliebte Serafina vor sich; wenn er seinen Ohren glaubte, so waren es nur ihre ererbte Gestalt und ihre Gesichtszüge, die sich in der Person ihrer Urenkelin wiederverkörperten.

Sein Gehirn begann sich zu drehen. Er suchte das Marineministerium auf und ertattete Bericht von seiner Expedition und von der Insel der Sieben Städte, die er das Glück gehabt hatte zu entdecken. Niemand wußte auch nur das geringste über eine derartige Expedition oder eine derartige Insel. Fernando erklärte, er habe die Fahrt nach einem formellen Abkommen mit der Krone unternommen und habe eine gültige Vollmacht erhalten, durch die er zum Adalantado ernannt worden sei. Das müsse doch in den Akten stehen, und er bestand mit lauter Stimme darauf, in die Bücher des Ministeriums Einblick zu nehmen. Diese weitschweifige Auseinandersetzung zog schließlich die Aufmerksamkeit eines grauhaarigen Schreibers auf sich, der an einem hohen Schreibpult auf einem hohen Schemel hockte, Augengläser in metallenem Rahmen auf einer dünnen, spitzen Nase trug und Listen in einen gewaltigen Folianten abschrieb. Er hatte in dieser Abteilung einen großen Teil des Jahrhunderts das ganze Jahr über zugebracht, bis er fast ein Teil des Pultes geworden war, an dem er saß; sein Gedächtnis war eine einzige Liste offizieller Fakten und Aufzeichnungen, und sein Gehirn bestand zum größten Teil aus Paragraphen und Pergament. Nachdem er eine Weile von seinem hohen Sitz heruntergestarrt und sich über die strittige Angelegenheit ins Bild gesetzt hatte, steckte er seine Feder hinter sein Ohr und stieg hinab. Er erinnerte sich, von seinem Vorgänger etwas über eine Expedition wie die fragliche gehört zu haben, doch diese sei unter der Herrschaft von Dom Ioam II. aufgebrochen, und der war schon mindestens hundert Jahre tot. Um die Angelegenheit endlich ins reine zu bringen, wurden nun die Archive des Torre do Tombo, der »Grabstätte« alter portugiesischer Dokumente, sorgfältig durchsucht, und man fand eine Aufzeichnung über ein Abkommen zwischen der Krone und einem Fernando de Ulmo, die Entdeckung der Insel der Sieben Städte betreffend, und über eine Vollmacht, die ihn als Adalantado des Landes, das er entdecken würde, einsetzte.

»Nun also!« rief Don Fernando triumphierend, »da habt Ihr den Beweis dessen, was ich gesagt habe, vor Augen. Ich bin der Fernando de Ulmo, von dem in dem Bericht die Rede ist. Ich habe die Insel der Sieben Städte entdeckt und bin nach dem Abkommen berechtigt, mich Adalantado zu nennen.«

Don Fernandos Geschichte hatte wirklich das, was man als beste historische Grundlage bezeichnet, nämlich dokumentarische Beweise, doch wenn ein Mann in der Blüte seiner Jugend von Ereignissen, die vor über einem Jahrhundert stattgefunden haben, so spricht, als seien sie ihm selbst widerfahren, dann ist es kein Wunder, wenn man ihn für einen Verrückten hält.

Der alte Schreiber sah ihn erst über seine Brille hinweg und dann unter ihr her an, zuckte die Schultern, strich sein Kinn, stieg wieder auf seinen hohen Schemel, nahm die Feder vom Ohr und widmete sich von neuem seiner täglichen und ewigen Aufgabe, Listen in den fünfzigsten Band einer Reihe gewaltiger Folianten abzuschreiben. Die anderen Angestellten blinzelten einander spöttisch zu und begaben sich zu ihren Plätzen, und der arme Don Fernando, sich selbst überlassen, lief aus dem Ministerium hinaus, von diesen wiederholten Verwicklungen fast zur Raserei gebracht.

In seiner Verwirrung ging er wieder zum Haus von Alvarez, doch es blieb ihm verschlossen. Um den Wahn, unter dem der junge Mann offensichtlich litt, zu zerstreuen und ihn davon zu überzeugen, daß die Serafina, von der er schwärmte, wirklich tot war, führte man ihn zu ihrem Grab. Da lag sie, eine stattliche Matrone, in Alabaster gemeißelt, und da lag auch ihr Gatte neben ihr – ein würdiger Edelmann in voller Rüstung, und da knieten zu beiden Seiten die Abbilder einer zahlreichen Nachkommenschaft, der Beweis dafür, daß sie ein fruchtbarer Weinstock gewesen war. Das Monument selbst legte Zeugnis vom Zahn der Zeit ab; die Hände ihres Gatten, wie im Gebet gefaltet, hatten die Finger verloren, und das Antlitz der einst so lieblichen Serafina war ohne Nase.

Don Fernando fühlte einen Anflug von Ärger bei diesem monumentalen Beweis der Treulosigkeit seiner Geliebten – aber wer konnte von einer Geliebten erwarten, daß sie ein ganzes Jahrhundert der Abwesenheit lang treu blieb? Und welches Recht hatte er, über Untreue zu schimpfen, nach allem, was zwischen ihm und der Tochter des Kommandanten vorgefallen war? Der unglückliche Edelmann vollführte noch einen frommen Akt zärtlicher Ergebenheit: er ließ Serafinas Alabasternase von einem geschickten Steinmetzen wiederherstellen und riß sich dann von dem Grab los.

Er konnte nun nicht länger daran zweifeln, daß er in der einen Nacht auf der Insel der Sieben Städte irgendwie ein ganzes Jahrhundert überschlagen hatte, und in seiner Heimatstadt war er jetzt so wildfremd, als sei er nie dort gewesen. Tausendmal wünschte er sich zurück zu jener wunderbaren Insel mit ihren altertümlichen Bankettsälen, wo man ihn so höflich empfangen hatte, und nun, da die einst junge und schöne Serafina nichts mehr war als eine Urgroßmutter aus Alabaster mit Generationen von Nachkommen, rief er sich tausendmal den schmelzenden Blick aus den schwarzen Augen der Tochter des

Kommandanten ins Gedächtnis, die zweifellos wie er selbst noch immer in frischer Jugendlichkeit blühte, und flüsterte den sehnsüchtigen Wunsch, an ihrer Seite sitzen zu dürfen.
Er hätte sofort auf eigene Kosten eine neue Expedition ausgerüstet, um sich auf die Suche nach der geheiligten Insel zu machen, doch seine Mittel waren erschöpft. Er gab sich alle Mühe, andere für dieses Vorhaben zu erwärmen, wobei er auf die Gewißheit rentabler Ergebnisse hinwies, die seine eigene Erfahrung ja unzweifelhaft bewiesen hatte. Aber ach! Niemand wollte seiner Geschichte Glauben schenken; alle sahen in ihr nur den Fieberwahn eines Schiffbrüchigen. Er beharrte auf seinen Bemühungen und predigte allerorten und in jeder Gesellschaft, bis er für die Leichtfertigen, die seinen verbissenen Enthusiasmus als Beweis seiner Verrücktheit mißdeuteten, zum Gegenstand von Hohn und Spott wurde, und sogar die Kinder auf der Straße hänselten ihn mit dem Titel »Adalantado der Sieben Städte«.
Nachdem sich in seiner Heimatstadt Lissabon alle seine Bemühungen als vergeblich herausgestellt hatten, schiffte er sich nach den Kanarischen Inseln ein, da sie dem Breitengrad seines ehemaligen Kreuzzuges näherlagen und von Menschen bewohnt waren, die nautische Abenteuer liebten. Hier fand er willige Zuhörer für seine Geschichte, denn die alten Kapitäne und Matrosen dortzulande waren berüchtigte Insel-Jäger und glaubten andächtig an alle Wunder der See. Ja, alle nahmen sein Abenteuer wie ein ganz gewöhnliches Ereignis hin und bemerkten – wobei sie einander weise zunickten: »Er ist auf der Insel St. Brandan gewesen.«
Und dann berichteten sie ihm von diesem großen Wunder und Rätsel des Meeres, von seinem wiederholten Auftauchen vor den Einwohnern ihrer Inseln und von den vielen, aber erfolglosen Expeditionen, die auf der Suche nach der Insel aufgebrochen waren. Sie führten ihn zu einem der Vorgebirge der Insel Palma, von dem aus die schattengleiche Insel St. Brandan am häufigsten erspäht worden war, und sie zeigten ihm den Streifen im Westen, wo man ihre Berge gesehen hatte.
Don Fernando lauschte dem mit gespannter Aufmerksamkeit. Für ihn gab es keinen Zweifel mehr, daß diese geheimnisvolle und flüchtige Insel die gleiche wie die der Sieben Städte sein mußte und daß irgendeine übernatürliche Macht, die mit ihr verbunden war, auch ihn erfaßt und bewirkt hatte, daß die Ereignisse einer Nacht ein ganzes Jahrhundert gedauert hatten.

Er gab sich — vergeblich — alle Mühe, die Insulaner zu einem neuen Versuch, die Insel zu entdecken, zu bewegen; sie hatten die gespenstische Insel als unerreichbar aufgegeben. Fernando indes war nicht zu entmutigen. Die Vorstellung bohrte sich tiefer und tiefer in seine Seele, bis sie all seine Gedanken und sein ganzes Wesen erfüllte. Jeden Morgen begab er sich zum Vorgebirge von Palma und saß dort den lieben langen Tag, in der Hoffnung, die märchenhaften Berge von St. Brandan über dem Horizont auftauchen zu sehen; jeden Abend kehrte er, ein enttäuschter Mann, nach Hause zurück, dennoch bereit, am nächsten Morgen seinen Posten wieder einzunehmen.

All seine Beharrlichkeit war vergebens. Über seinem wirkungslosen Bestreben wurde er grau, und eines Tages fand man ihn tot auf seinem Posten. Sein Grab ist auf der Insel Palma noch zu besichtigen, und ein Kreuz ist auf der Stelle errichtet, wo er zu sitzen und aufs Meer zu schauen pflegte, in der Hoffnung auf das Wiederauftauchen der gespenstischen Insel.

RICHARD MIDDLETON

Das Gespensterschiff

Fairfield ist ein kleines Dorf, das nahe der Portsmouth Road ungefähr auf halbem Wege zwischen London und dem Meer liegt. Fremde, die durch Zufall hin und wieder darauf stoßen, bezeichnen es als einen hübschen, aber altmodischen Ort; wir, die wir dort leben und es unsere Heimat nennen, können nichts Hübsches daran finden, aber wir würden nur ungern woanders leben. Unsere Seelen haben längst die Form des Gasthauses, der Kirche und des Angers angenommen, vermute ich. Auf jeden Fall fühlen wir uns außerhalb von Fairfield nicht wohl.

Die Cockneys mit ihren riesigen Häusern und ihren lauten Straßen können uns natürlich Provinzler nennen, wenn's ihnen gefällt; trotzdem lebt es sich in Fairfield besser als in London. Der Doktor sagt, daß sein Gehirn, wenn er nach London fährt, vom Gewicht der Häuser zerquetscht wird, und er ist als Cockney zur Welt gekommen. Als kleiner Bengel hat er dort leben müssen, aber jetzt weiß er es besser. Ihr lacht vielleicht, ihr Herren – möglicherweise kommen ein paar von euch aus London –, aber ich bin der Meinung, daß so ein Zeuge mehr wert ist als ein ganzer Sack voller Begründungen.

Langweilig? Na schön, ihr findet's vielleicht langweilig, aber ich kann euch versichern, daß ich mir alle Londoner Geschichten angehört habe, die ihr heute abend erzählt habt, und im Vergleich mit dem, was in Fairfield passiert, sind sie nichts. Das hängt mit unserer ganzen Art zu denken zusammen und damit, daß wir uns um unsere eigenen Angelegenheiten kümmern. Wenn man einen von euch Londonern in einer Samstagnacht auf den Anger setzte, wo die Gespenster der Jungs, die im Krieg gestorben sind, zu einem Stelldichein mit den Hübschen kommen, die auf dem Kirchfriedhof liegen, dann wäre er todsicher neugierig und würde sich sofort einmischen, und dann würden die Gespenster woanders hingehen, wo es ruhiger ist. Aber wir lassen sie einfach kommen und gehen und machen kein Geschrei deswegen, und die Folge ist, daß Fairfield der gespenstischste Ort in ganz England ist. Ach was, ich habe mal einen kopflosen Mann gesehen, der am hellichten Tag auf einem Brunnen saß, und die Kinder spielten vor seinen Füßen, als wäre er ihr eigener Vater. Das könnt ihr mir glauben, Gespenster wissen so genau wie Menschen, wenn's ihnen gut geht.

Ich muß allerdings zugeben, daß das, was ich euch erzählen will, sogar für unsere Gegend ein bißchen eigenartig ist, wo drei Meuten von Gespensterhunden in der Jagdzeit regelmäßig jagen und der Urgroßvater vom Schmied die ganze Nacht damit beschäftigt ist, die Pferde von toten Herren zu beschlagen. Also das ist etwas, was in London nicht passieren könnte, weil die sich dort gleich einmischen würden, aber der Schmied, der liegt oben und schläft so fromm wie ein Lamm. Einmal, als er Kopfweh hatte, schrie er zu ihnen runter, sie sollten nicht so viel Krach machen, und am nächsten Morgen fand er zur Entschuldigung eine alte Guinee auf dem Amboß. Jetzt trägt er sie an seiner Uhrkette. Aber ich muß nun endlich mit meiner Geschichte vorankommen; wenn ich euch erstmal von den seltsamen Geschehnissen in Fairfield erzähle, dann höre ich so bald nicht wieder auf.

Alles kam von dem großen Sturm im Frühling '97, das Jahr, in dem wir zwei große Stürme hatten. Dies war der erste, und ich erinnere mich genau an ihn, denn am Morgen stellte ich fest, daß er das Strohdach meines Schweinestalls in den Garten der Witwe getragen hatte, so sauber wie den Drachen eines Buben. Als ich über die Hecke schaute, stach die Witwe – Tom Lamports Witwe ist das – grade ihre Kapuzinerkressen mit einer Gänseblümchenhacke aus. Ich schaute ihr eine Weile zu und ging dann zur »Fuchs und Traube« und erzählte dem Wirt, was sie zu mir gesagt hatte. Der Wirt, der lachte, das ist ein verheirateter Mann, der kennt das andere Geschlecht. »Da wir schon darüber reden«, sagte er, »der Sturm hat was auf mein Feld reingeblasen. So 'ne Art Schiff, denk ich, muß das sein.« Ich war ganz verdutzt, bis er erklärte, es wäre nur ein Gespensterschiff, und es würde den Rüben nichts antun. Wir besprachen, daß es sicher bei Portsmouth vom Meer weggeblasen worden wäre, und dann redeten wir von was anderem. Drunten in der Pfarre lagen zwei Schieferplatten und auf Lumleys Wiese ein großer Baum. Das war schon ein einmaliger Sturm.

Ich schätze, der Wind hatte unsere Gespenster über ganz England verblasen. Noch Tage danach kamen sie auf lahmen Pferden zurück, die Füße voller Blasen, und sie waren so froh, wieder in Fairfield zu sein, daß ein paar auf der Straße herumliefen und wie kleine Kinder weinten. Der Gutsherr sagte, der Urgroßvater von seinem Urgroßvater hätte seit der Schlacht von Naseby nicht mehr so todmüde ausgesehen, und unser Gutsherr ist ein gebildeter Mann.

Wenn man so eins zum andern nimmt, dann glaube ich, es hat eine Woche gedauert, bis wir mit allem wieder im reinen waren, und dann, an einem Nachmittag, traf ich den Wirt auf dem Anger, und er machte ein ganz besorgtes Gesicht. »Es wär mir lieb, wenn du kommen und einen Blick auf dies Schiff auf meinem Feld werfen würdest«, sagte er zu mir, »ich hab das Gefühl, es drückt ziemlich hart auf meine Rüben. Ich will gar nicht daran denken, was meine bessere Hälfte sagt, wenn sie es sieht.«

Ich ging den Weg mit ihm hinunter, und tatsächlich war da ein Schiff mitten auf seinem Feld, aber ein Schiff, wie es kein Mensch seit dreihundert Jahren auf dem Wasser, geschweige denn mitten in einem Rübenfeld gesehen hat. Es war ganz schwarz angestrichen und mit Schnitzereien bedeckt, und am Heck war ein großes Erkerfenster, genau wie im Wohnzimmer vom Gutsherrn. Da war ein ganzer Haufen von kleinen, schwarzen Kanonen, die auf Deck standen und aus ihren Schießlöchern guckten, und das Schiff war vorn und hinten auf dem trockenen Boden verankert. Ich habe die Wunder dieser Welt auf Bildpostkarten gesehen, aber *so was* hab ich noch nie gesehen.

»Für ein Gespensterschiff sieht es ziemlich solide aus«, sagte ich, als ich sah, wie verdrießlich der Wirt dreinschaute.

»Ich würde sagen, es ist nicht Fisch und nicht Fleisch«, antwortete er, nachdem er sich ordentlich den Kopf zerbrochen hatte. »Aber es wird ganze fünfzig Rüben kaputtmachen, und bestimmt besteht meine bessere Hälfte darauf, daß es weggeschafft wird.« Wir gingen zum Schiff hinüber und klopften an den Rumpf, und er fühlte sich so hart an wie bei einem richtigen Schiff. »Es gibt Leute in England, die das ziemlich komisch finden würden«, sagte er.

Nun weiß ich zwar nicht viel über Schiffe, aber ich würde sagen, daß dieses Gespensterschiff gut zweihundert Tonnen wog, und es kam mir so vor, als hätte es die Absicht zu bleiben, und der Wirt, der ein verheirateter Mann war, tat mir leid. »Alle Pferde von Fairfield bringen das von meinen Rü-

ben nicht weg«, sagte er stirnrunzelnd.
Gerade in diesem Augenblick hörten wir ein Geräusch an Deck, und wir schauten auf und sahen, wie ein Mann aus der Kajüte herauskam und friedlich zu uns herunterblickte. Er trug eine schwarze Uniform, die mit rostiger Goldlitze verziert war, und an der Seite in einer Messingscheide einen großen Enterhaken. »Ich bin Kapitän Bartholomew Roberts«, sagte er mit der Stimme eines feinen Herrn, »und ich bin gekommen, um eine Mannschaft anzuwerben. Mir scheint, ich habe das Schiff ziemlich weit in den Hafen hineingefahren.«
»Hafen!« rief der Wirt, »du liebe Güte, Sie sind fünfundsiebzig Kilometer vom Meer entfernt!«
Kapitän Roberts zuckte nicht mit der Wimper. »So viel, tatsächlich?« sagte er kühl. »Nun ja, spielt keine Rolle.«
Das brachte den Wirt leicht aus der Fassung. »Ich möchte nicht als schlechter Nachbar erscheinen«, sagte er, »aber es wäre mir doch lieber gewesen, wenn Sie ihr Schiff nicht genau auf mein Feld gesetzt hätten. Wissen Sie, meine Frau macht sich ziemlich viel aus diesen Rüben.«
Der Kapitän nahm eine Prise Schnupftabak aus einer schönen goldenen Dose, die er aus seiner Tasche zog, und wischte seine Finger in einer sehr vornehmen Art an einem seidenen Taschentuch ab. »Ich bleibe nur ein paar Monate hier«, sagte er, »doch ich wäre glücklich, wenn ich die gnädige Frau mit einem Beweis meiner Hochachtung besänftigen dürfte«, und mit diesen Worten nestelte er eine große goldene Brosche vom Kragen seines Mantels ab und warf sie zum Wirt hinunter.
Der Wirt wurde so rot wie eine Erdbeere. »Ich will nicht leugnen, daß sie Schmuck gerne hat«, sagte er, »aber für einen halben Sack Rüben ist das zuviel.« Und es war wirklich eine sehr schöne Brosche.
Der Kapitän lachte. »Ach was, Mann«, sagte er, »Sie sind ja zu diesem Handel gezwungen worden, und Sie haben einen guten Preis verdient. Kein Wort mehr darüber«, und damit verabschiedete er sich von uns mit einem Nicken, drehte sich auf dem Absatz um und stapfte wieder in seine Kajüte. Der Wirt, dem ein Stein vom Herzen gefallen war, ging den Weg zurück. »Dieser Sturm hat mir direkt ein bißchen Glück gebracht«, sagte er, »meine bessere Hälfte wird mächtig zufrieden mit dieser Brosche sein. Die ist noch zehnmal so gut wie die Guinee vom Schmied.«
Siebenundneunzig war ein Jubiläumsjahr, schon das zweite

Jubiläumsjahr, ihr erinnert euch bestimmt, und es war allerhand los in Fairfield, so daß wir nicht viel Zeit hatten, uns über das Gespensterschiff den Kopf zu zerbrechen, und es ist ja sowieso nicht unsere Art, uns in Dinge einzumischen, die uns nichts angehen. Der Wirt, der sah seinen Mieter ein- oder zweimal, wenn er die Zeit damit verbrachte, seine Rüben zu hacken, und die Frau des Wirts trug jeden Sonntag in der Kirche ihre neue Brosche. Aber wir mischten uns nie unter die Gespenster, keiner von uns, außer einem jungen Schwachsinnigen, den wir im Dorf hatten, und der kannte den Unterschied zwischen einem Menschen und einem Gespenst nicht, der arme Unschuldige! Am Jubiläumstag erzählte aber jemand Kapitän Roberts, warum die Kirchenglocken läuteten, und er hißte eine Fahne und gab Böllerschüsse aus seinen Kanonen ab, wie ein Engländer aus fürstlichem Geblüt. Schon wahr, die Kanonen waren scharf geladen, und eine Kugel schlug ein Loch in Farmer Johnstons Scheune, doch in einer so festlichen Zeit machte sich niemand viel daraus.

Erst als unser Fest vorüber war, merkten wir, daß in Fairfield etwas nicht stimmte. Der Schuhmacher hat's mir zuerst eines Morgens in der »Fuchs und Traube« erzählt. »Kennst du meinen Urgroßonkel?« fragte er mich.

»Du meinst Joshua, den stillen jungen Mann?« antwortete ich, denn ich kannte ihn gut.

»Still!« sagte der Schuster ärgerlich. »Den nennst du still, wo er jeden Tag um drei Uhr früh so betrunken wie ein Friedensrichter nach Hause kommt und das ganze Haus mit seinem Krach aufweckt?«

»Das kann doch nicht Joshua sein!« sagte ich, weil ich ihn als eins der anständigsten jungen Gespenster im Dorf kannte.

»Und ob es Joshua ist«, sagte der Schuster, »und wenn er nicht aufpaßt, landet er eines Nachts auf der Straße.«

So ein Gerede gab mir einen Schock, das kann ich euch sagen, denn ich hör's nicht gern, wenn ein Mann seine eigene Familie madig macht, und ich konnte kaum glauben, daß ein so solider junger Mann wie Joshua sich dem Trunk ergeben hatte. Doch gerade in diesem Augenblick kam der Metzger Aylwin herein, mit einer solchen Wut, daß er kaum sein Bier trinken konnte. »Der Grünschnabel! Der Grünschnabel!« sagte er immer wieder, und es dauerte eine ganze Zeit, bevor der Schuster und ich dahinterkamen, daß er von seinem Vorfahren sprach, der bei Senlac gefallen war.

»Was zu trinken?« fragte der Schuster hoffnungsvoll – im Unglück hat man ja gern Gesellschaft –, und der Metzger nickte grimmig
»Der junge Spund«, sagte er und leerte seinen Bierseidel.
Also, danach hielt ich meine Ohren offen, und im ganzen Dorf war's die gleiche Geschichte. Es gab kaum einen jungen Mann unter all den Gespenstern von Fairfield, der nicht in den frühen Morgenstunden, vom Alkohol benebelt, nach Hause taumelte. Oft wachte ich in der Nacht auf und hörte sie an meinem Haus vorbeistolpern, wobei sie schimpfliche Lieder sangen. Das Schlimmste an der Sache war, daß wir die Schande nicht für uns behalten konnten, und die Leute in Greenhill begannen von dem »besoffenen Fairfield« zu reden und brachten ihren Kindern bei, ein Lied über uns zu singen:

Fairfield ist total besoffen,
braucht nicht kochen und nicht fressen;
Rum zum Frühstück, Rum am Mittag,
und auch Rum zum Abendessen!

Wir in unserem Dorf sind ziemlich unbekümmert, aber das gefiel uns nicht. Natürlich fanden wir bald heraus, wo die jungen Leute zum Trinken hingingen, und der Wirt war äußerst aufgebracht, daß sein Mieter sich so übel entpuppte, aber die Brosche wieder hergeben, davon wollte seine Frau nichts hören, und deshalb konnte er dem Kapitän nicht kündigen. Aber mit der Zeit wurde alles immer schlimmer, und man konnte zu jeder Tageszeit die jungen Taugenichtse sehen, wie sie auf dem Dorfanger ihren Rausch ausschliefen. Fast jeden Nachmittag ratterte ein Gespensterwagen mit einer Ladung Rum zum Schiff hinunter, und obwohl es so aussah, als wären die älteren Gespenster bereit, die Gastfreundschaft des Kapitäns sausenzulassen, waren die jungen nicht zu bremsen.
Eines Nachmittags, wie ich gerade mein Schläfchen halte, hörte ich ein Klopfen an der Tür, und da stand der Pfarrer, der sehr ernst aussah, wie ein Mann, der eine Aufgabe vor sich hat, auf die er sich nicht gerade freut. »Ich gehe nach unten, um mit dem Kapitän über diese ständige Trunkenheit im Dorf zu sprechen, und ich möchte, daß Sie mich begleiten«, sagte er geradeheraus.
Ich kann nicht behaupten, daß dieser Besuch mir selbst großen Spaß machte, und ich versuchte dem Pfarrer beizubringen, daß

es, da sie ja schließlich nur ein Haufen Gespenster waren, keine große Rolle spielte.
»Ob tot oder lebendig, ich bin für ihr gutes Betragen verantwortlich«, sagte er, »und ich werde meine Pflicht tun und dieser ständigen Ungebührlichkeit ein Ende machen. Und Sie kommen mit mir, John Simmons.«
Also ging ich mit, denn Überredungskunst war schon immer eine starke Seite des Pfarrers.
Wir gingen zum Schiff hinunter, und als wir näherkamen, konnten wir den Kapitän sehen, wie er an Deck die frische Luft genoß. Als er den Pfarrer erblickte, nahm er sehr höflich seine Mütze ab, und ich kann euch sagen, ich war erleichtert, als ich sah, daß er den gebührenden Respekt vor dem schwarzen Rock hatte. Der Pfarrer nahm seinen Gruß entgegen und sagte mit einer ganz festen Stimme: »Herr Kapitän, ich würde gerne ein paar Worte mit Ihnen reden.«
»Kommen Sie an Bord, Herr Pfarrer, kommen Sie an Bord«, sagte der Kapitän, und an seiner Stimme erkannte ich, daß er genau wußte, warum wir da waren. Der Pfarrer und ich kletterten eine ungemütliche Art Leiter hoch, und der Kapitän führte uns in die große Kajüte hinten im Schiff, wo das Erkerfenster war. Das war das schönste Zimmer, das man sich vorstellen kann, voll goldener und silberner Teller, Schwerter, deren Scheiden mit Edelsteinen besetzt waren, geschnitzte Eichenstühle und große Kisten, die aussahen, als platzten sie vor Guineen. Sogar der Pfarrer war überrascht und schüttelte den Kopf nur ganz wenig, als der Kapitän ein paar silberne Becher holte und uns Rum einschenkte. Ich probierte meinen, und ich gebe ruhig zu, daß ich durch ihn plötzlich alles ganz anders sah. Dieser Rum war keine halbe Sache, und ich fand, es wäre lächerlich, den Jungs anzukreiden, daß sie zuviel von solch herrlichem Zeug getrunken hatten. Ich hatte ein Gefühl, als liefen Honig und Feuer durch meine Adern.
Der Pfarrer trug dem Kapitän sein Anliegen klar und deutlich vor, aber ich hörte kaum zu; ich war damit beschäftigt, meinen Rum zu schlürfen und durch das Fenster die Fische zu betrachten, die über den Rüben des Wirtes hin und her schwammen. In dem Augenblick kam's mir ganz natürlich vor, daß sie da waren; später ging's mir selbstverständlich auf: sie waren ein Beweis, daß es ein Gespensterschiff war.
Aber sogar damals fand ich es ziemlich seltsam, als ich einen ertrunkenen Seemann sah, der in der dünnen Luft vorbei-

trieb, Haar und Bart ganz voller Luftblasen. Also so was hatte ich in Fairfield zum erstenmal gesehen.

Die ganze Zeit, während ich die Wunder der Tiefe betrachtete, setzte der Pfarrer Kapitän Roberts auseinander, daß es im Dorf wegen des Fluchs der Trunkenheit keinen Frieden und keine Ruhe gab, und was für ein schlechtes Beispiel die jungen Leute den älteren Gespenstern gäben. Der Kapitän hörte sehr aufmerksam zu, warf nur hie und da ein Wort ein und sagte, Jungs wären eben Jungs, und junge Leute müßten sich die Hörner abstoßen. Aber als der Pfarrer mit seiner Rede fertig war, füllte er unsere silbernen Becher wieder nach und sagte ein bißchen schwülstig zum Pfarrer: »Es täte mir leid, wenn ich an einem Ort, wo man mich freundlich willkommen geheißen hat, Unruhe stiften würde, und Sie werden froh sein zu hören, daß ich morgen nacht in See stechen werde. Und nun müssen Sie mit mir auf eine erfolgreiche Reise anstoßen.« So standen wir auf und stießen in allen Ehren miteinander an, und dieser edle Rum war in meinen Adern wie heißes Öl.

Danach zeigte uns der Kapitän ein paar Kuriositäten, die er aus der weiten Welt mitgebracht hatte, und wir staunten sehr, obwohl ich mich hinterher nicht mehr genau erinnern konnte, was es eigentlich gewesen war. Und dann erinnere ich mich, daß ich mit dem Pfarrer durch die Rüben ging und ihm von den Wundern der Tiefe erzählte, die ich durch das Fenster des Schiffes gesehen hatte. Er sah mich mit strengem Blick an. »Wenn ich Sie wäre, John Simmons, würde ich schnurstracks nach Hause gehen und mich ins Bett legen.« Er hat eine Art, die Dinge auszudrücken, wie es keinem gewöhnlichen Menschen einfallen würde, die hat er wirklich, und ich tat, was er mir gesagt hatte.

Am nächsten Tag, da fing's wieder an zu blasen, und es blies immer stärker und stärker, bis ich etwa um acht Uhr abends ein Geräusch hörte und in den Garten hinausschaute. Ich wette, ihr glaubt mir nicht, mir kommt's ja selber ein bißchen stark vor, aber der Wind hatte zum zweitenmal das Strohdach von meinem Schweinestall in den Garten der Witwe getragen. Ich dachte, besser nicht abwarten, was die Witwe dazu zu sagen hat, deshalb ging ich über den Anger zur »Fuchs und Traube«, und der Wind war so stürmisch, daß ich auf den Zehenspitzen rumtanzte wie ein Mädchen auf dem Jahrmarkt. Als ich beim Gasthaus ankam, mußte der Wirt mir helfen, die Tür zu schließen; es war, als stemmten sich ein Dutzend Zie-

gen dagegen, die sich aus dem Sturm hineinretten wollten.
»Das ist ein gewaltiger Sturm«, sagte er, während er das Bier abzapfte. »Ich hab gehört, daß in Dickory End ein Schornstein abgekracht ist.«
»Es ist schon komisch, was für ein Gespür Seeleute für das Wetter haben«, antwortete ich. »Als der Kapitän sagte, er würde heute nacht aufbrechen, da hab ich gedacht, es braucht bestimmt eine Mütze voll Wind, um das Schiff zum Meer zurückzutragen, aber jetzt haben wir ja mehr als eine Mütze voll.«
»O ja«, sagte der Wirt, »nur zu wahr, der fährt heute nacht ab, aber das muß ich sagen, obwohl er sich mit der Miete wirklich nobel gezeigt hat, glaube ich nicht, daß es fürs Dorf ein Verlust ist. Feine Leute, die ihre Getränke aus London holen, statt den ansässigen Händlern zu helfen, ihren Lebensunterhalt zu verdienen, sind nicht meine Kragenweite.«
»Aber so einen Rum hast *du* nicht«, sagte ich, und ich hatte schon Angst, ich wäre zu weit gegangen, aber nach einer Weile riß er sich mit einem Knurren zusammen.
»John Simmons«, sagte er, »wenn du in all dem Sturm nur hergekommen bist, um wie ein Dummkopf daherzuschwätzen, hast du den weiten Weg umsonst gemacht.«
Da mußte ich ihn natürlich besänftigen und seinen Rum loben; ich hab sogar – Gott soll mir vergeben – geschworen, er wäre besser als der vom Kapitän. Denn so einen Rum hat außer mir und dem Pfarrer kein lebendiger Mensch je gekostet. Irgendwie brachte ich es jedenfalls fertig, daß der Wirt wieder bei Laune war, und schließlich mußten wir ein Glas von seinem besten Rum trinken, um zu beweisen, wie gut er war.
»Zeig mir einen besseren«, rief er, und wir hoben beide unsere Gläser zum Mund, erstarrten aber auf halber Höhe und schauten einander verwundert an, denn der Wind, der draußen wie ein wildgewordener Hund geheult hatte, säuselte plötzlich so schön wie Sängerknaben am Weihnachtsabend.
»Meine Martha kann das nicht sein«, flüsterte der Wirt. Martha war seine Großtante, die oben auf dem Speicher wohnte.
Wir gingen zur Tür, und der Wind schlug sie so heftig auf, daß die Klinke glatt in den Wandverputz gedrückt wurde. Aber darüber dachten wir in diesem Augenblick nicht nach, denn über unseren Köpfen segelte in aller Ruhe durch die windumwehten Sterne das Schiff, das den Sommer auf dem Feld des Wirtes verbracht hatte. Seine Luken und das Erker-

fenster waren hell erleuchtet, und vom Deck erklang Gesang und Gefiedel. »Er ist weg«, schrie der Wirt durch den Sturm, »und er hat das halbe Dorf mitgenommen!« Ich konnte nur nicken, denn meine Lungen waren kein Blasebalg.

Am nächsten Morgen konnten wir die Stärke des Sturms abschätzen, und außer bei meinem Schweinestall war im Dorf noch genug Schaden angerichtet worden, um uns in Atem zu halten. Schon wahr, die Kinder mußten in diesem Herbst kein Reisig als Feuerholz sammeln, denn der Wind hatte im Wald mehr Holz herumgeschleudert, als sie tragen konnten. Viele von unseren Gespenstern waren in alle Winde verstreut worden, aber diesmal kamen nur wenige zurück, da alle jungen Leute mit dem Kapitän fortgesegelt waren, und nicht nur die Gespenster, auch ein armer, schwachsinniger Bursche wurde vermißt, und wir waren sicher, daß er als blinder Passagier mitgefahren war oder sich vielleicht als Kammerstewart eingeschifft hatte; er wußte es ja nicht besser.

Mit all dem Gejammer der Gespenstermädchen und dem Gemecker der Familien, die einen Ahn verloren hatten, war das Dorf noch eine Weile ganz durcheinander, und das Komische war, daß gerade die Leute, die sich immer am meisten über das wilde Betragen der jungen Leute beschwert hatten, sich jetzt am meisten darüber aufregten, daß sie weg waren. Ich hatte kein Mitleid mit dem Schuster oder dem Metzger, die herumliefen und sich beklagten, wie sie ihre Jungs vermißten, aber es kränkte mich zu hören, wie die armen, verlassenen Mädchen in der Nacht auf dem Dorfanger die Namen ihrer Liebsten riefen. Es kam mir nicht gerecht vor, daß sie ihre Männer zum zweitenmal verloren hatten, nachdem sie vermutlich gestorben waren, um ihnen ins Grab folgen zu können. Wie dem auch sei, auch ein Gespenst kann nicht ewig trauern, und nach einigen Monaten kamen wir zu dem Schluß, daß die Jungs, die mit dem Schiff davongesegelt waren, nie zurückkommen würden, und redeten nicht mehr darüber.

Und dann eines Tages, ich würde sagen, es war ein paar Jahre später, als die ganze Sache schon völlig vergessen war, wer kam da die Straße von Portsmouth angelatscht? Es war doch tatsächlich der bekloppte Junge, der mit dem Schiff weggefahren war, ohne abzuwarten, bis er starb und selber ein Gespenst wurde. So einen Jungen wie den habt ihr in eurem ganzen Leben noch nicht gesehen. Ein großer rostiger Enterhaken hing ihm an einem Strick um die Hüfte, und er war überall in schönen Farben tätowiert; sogar sein Gesicht sah aus wie das Stickmuster eines Mädchens. In der Hand hatte er ein Taschentuch voll fremdländischer Muscheln und altmodischer Münzen, reichlich seltsam, und er ging zum Brunnen beim Haus seiner Mutter und schöpfte sich was zu trinken, als wäre er nirgendwo besonderes gewesen. Das Schlimmste war, daß er genauso schwachköpfig zurückkam, wie er weggegangen war, und wir konnten machen, was wir wollten, wir kriegten nichts Vernünftiges aus ihm heraus. Er schwätzte eine Menge über Kielholen und Gefangene ins Meer werfen und blutigen Mord — alles Dinge, von denen ein anständiger Seemann nichts wissen sollte, bis es mir schließlich vorkam, als wäre der Kapitän mit all seinen feinen Manieren mehr ein Pirat als ein ordentlicher Seemann gewesen. Aber aus diesem Jungen was Gescheites herauszubringen, war so schwer, wie Kirschen von einem Apfelbaum zu pflücken. Auf eine alberne Geschichte kam er immer wieder zurück, und wenn man ihn hörte, hatte man das Gefühl, es war das einzige, was ihm in seinem ganzen Leben je zugestoßen war. »Wir lagen«, pflegte er zu sagen, »vor einer Insel namens ›Blumenkorb‹ vor Anker, und die Matrosen hatten einen Haufen Papageien gefangen, und sie brachten ihnen das Fluchen bei. Deckauf, deckunter ging das, und eine scheußliche Sprache hatten die! Dann schauten wir auf und sahen außerhalb vom Hafen die Masten des spanischen Schiffes. Wie gesagt, es war außerhalb vom Hafen, also warfen wir die Papageien ins Meer und segelten los zum Kampf. Und all die Papageien ertranken im Wasser, und eine scheußliche Sprache hatten die dabei!« So ein Junge war das, nichts als dummes Gerede über Papageien, als wir ihn über den Kampf ausfragten. Aber wir konnten ihm nie was Besseres beibringen, denn zwei Tage später lief er schon wieder fort, und seitdem haben wir ihn nicht mehr gesehen.

Das ist also meine Geschichte, und ich versichere euch, daß solche Sachen in Fairfield ständig geschehen. Das Schiff ist nie zurückgekommen, aber die Leute werden älter, und mit der Zeit glauben sie scheint's, daß es in einer solchen stürmischen Nacht wieder über die Hecken geweht wird mit allen verschollenen Gespenstern an Bord. Na ja, wenn es wirklich kommt, soll es uns willkommen sein. Wir haben ein Gespenstermädchen, das nie müde wird, auf die Rückkehr ihres Jungen zu warten. Jede Nacht kann man sie auf dem Anger sehen, wie sie mit ihren armen Augen angestrengt nach den Mast-

lichtern unter den Sternen ausschaut. Ein treues Mädchen, würdet ihr sagen, und ich glaube, ihr hättet recht.
Das Feld des Wirts ist von dem Besuch nicht zu Schaden gekommen, aber die Leute behaupten, daß die Rüben, die seitdem angepflanzt worden sind, nach Rum schmecken.

ARKADIJ AWERTSCHENKO

Die Nixe

»Haben Sie Husten?« fragte der Maler Kranz den Dichter Pelikanow höflich.
»Ja«, seufzte der blasse Dichter. »Und außerdem läuft meine Nase.«
»Wo haben Sie denn das erwischt?«
»Am Fluß. Ich habe dort gestern den ganzen Abend gesessen. Ich habe auch einen ziehenden Schmerz im Bein.«
»Soso!« Der dritte in der Gesellschaft, der finstere Derjagin, nickte mit dem Kopf. »Haben Sie geangelt, sind Sie verrückt geworden, oder nur so?«
»Nur so. Ich habe nachgedacht.«
»Nur so? Sie haben nachgedacht? Worüber dachten Sie denn nach?«
Pelikanow stand auf und strich sein langes, helles Haar hinter die Ohren.
»Worüber ich nachgedacht habe? Ich habe über *sie* nachgedacht . . . über die Schönen, Geheimnisvollen, die in der nächtlichen Stille auf der silbernen Wasseroberfläche auftauchen und um das Riedgras herumschwimmen, die dort ihre magischen Lieder singen, die in der Seele Sehnsüchte wecken und ihr langes Haar, in das sich Algen verirrt haben, kämmen . . . Ihre blassen, wunderschönen, runden Hände heben sich aus dem Wasser und strecken sich in einer schweigenden Bitte zum Mond . . . Die großen, traurigen Augen glänzen zwischen den Ästen wie Sterne . . . Es ist unheimlich und wunderbar, sie zu dieser Zeit zu erblicken.«
»Wen?« fragte Derjagin. »Meinen Sie etwa die Nixen?«
»Jawohl, die Nixen.«
»Und Sie hoffen, sie sehen zu können?«
»Oh, wenn ich nur hoffen dürfte! Ich träume von nichts anderem . . .«
»Sie rechnen wohl damit, daß Sie mit Ihrer Ausdauer . . .«
»Ich wäre bereit, das halbe Leben so zu sitzen, wenn nur . . .«
Derjagin sprang aufgeregt aus dem Sessel empor. »Verflucht sollen Sie alle sein, Sie Idioten mit Ihren dummen Phantaste-

reien. Ich kenne Sie bereits seit mehreren Jahren, habe mich mit Ihnen wie mit einem anständigen, normalen Menschen unterhalten, und auf einmal ... Dieser Mensch treibt sich am Ufer herum! Wozu, fragt sich. Können Sie sich das vorstellen, er sucht Nixen! Schamloser Kerl!«

»Sie haben eben kein Gefühl für das Schöne«, sagte Pelikanow, senkte den Kopf und hustete.

»Die gibt es doch nicht! Begreifen Sie denn nicht, daß das alles eine Einbildung, eine Phantasterei ist!«

Der Dichter lächelte. »Für Sie gibt es sie vielleicht nicht. Für mich existieren sie aber.«

»Kranz, Kranz, sagen Sie ihm, daß er wahnsinnig ist, daß er phantasiert! Was für Nixen sucht er denn?«

Der Maler Kranz lächelte, bewahrte aber sein Schweigen.

»Ach, mit euch wird man selber noch wahnsinnig. Ich gehe heim. Ich bade, esse zu Abend und lege mich schlafen. Und Sie, Kranz?«

»Für mich ist es noch zu früh zum Schlafen. Ich fahre zu einer Bekannten, die gut singt. Sie wird singen, und ich lege mich auf die Couch, höre zu und trinke Chantreaux aus einem kleinen Gläschen. Wun-der-bar!«

»Sie sind ein Genießer! Und Sie, Pelikanow?«

Pelikanow lächelte traurig. »Sie werden natürlich schimpfen ... Aber ich ... ich gehe zum Fluß. Werde dort einen Spaziergang machen ... dem Plätschern der Wellen zuhören, über die wunderschönen, traurigen Augen irgendwo unter dem dunklen Riedgras nachdenken ... über die Hände, die sich von dem dämmerigen Hintergrund des schlafenden Flusses kaum abheben ...«

»Kranz!« heulte Derjagin und sprang, wie von einer Schlange gebissen, herum. »Sagen Sie diesem armseligen Menschen doch, daß es keine Nixen gibt!«

Kranz dachte eine Weile nach, dann zuckte er mit den Schultern. »Wie kann ich ihm das sagen, wenn es Nixen gibt?«

»Wenn Sie so etwas behaupten, dann sind Sie ein Dummkopf!«

»Vielleicht«, lächelte Kranz. »Aber ich habe eine Nixe gekannt.«

»Mein Gott!« Derjagin schlug die Hände zusammen. »Jetzt wird's langweilig und sentimental! Kranz erzählt uns jetzt die Geschichte, wie er eine Frau traf, die grüne, nixenhafte Augen und ein nixenhaftes Lächeln hatte, wie sie ihn in einen Ab-

grund zerrte und ihn zugrunderichtete. Kranz! Wieviel soll ich Ihnen zahlen, damit Sie diese Geschichte *nicht* erzählen?«
»Warten Sie doch!« Kranz zog die Augenbrauen zusammen. »Das war eine richtige, echte Begegnung mit einer Nixe. Ich bin ihr zufällig begegnet und habe mich von ihr auf eine seltsame Weise getrennt.«
Pelikanow packte Kranz fest bei den Schultern. »Sagen Sie auch die Wahrheit?! Ja? Sie haben tatsächlich eine richtige Nixe gesehen?«
»Wieso ist das so überraschend? Sie behaupten doch selber, daß es welche geben muß ...«
»Und Sie haben sie ganz klar gesehen? So wie mich jetzt? Ja?«
»Regen Sie sich nicht auf, mein Junge! Wenn es auch ein bißchen ungewöhnlich erscheint ... es geschieht doch allerhand auf dieser Welt! Ich bin nicht mehr jung und habe in meinem abenteuerlichen Leben vieles gesehen, wovon Sie nicht einmal geträumt haben.«
»Kranz! Sie – Sie haben eine Nixe gesehen?!«
»Jawohl. Wenn es Sie so interessiert, kann ich es Ihnen erzählen. Bestellen Sie nur noch mehr Wein.«
»He, Wein!«
»Aber viel.«
»Viel Wein! Kranz! Über die Nixe!«
»Also, hören Sie zu ...«

»Ich war an einem Sommertag auf der Jagd ... Na ja, was war das schon für eine Jagd? Ich stolzierte einfach mit einem Gewehr herum. Ich mag die Einsamkeit. Und so stieß ich eines warmen Abends auf eine verlassene Fischerhütte am Flußufer. Ich weiß nicht, ob die Fischer beim Auslaufen ertrunken waren oder ob sie, nachdem sie an dieser Stelle alle Fische gefangen hatten, weiterzogen; Tatsache ist, daß die Hütte vollkommen leer war. Ich war begeistert von dieser wunderbaren Stille, der Verlassenheit des Ortes und der Einsamkeit; ich fuhr in die Stadt, brachte von dort Lebensmittel mit, ein Feldbett und ließ mich in der Hütte nieder.
Am Tage jagte ich, schwamm herum, abends lag ich auf dem Bett und las beim Licht einer Kerosinlampe Schiller, Puschkin und Dostojewskij.
An diese Zeit denke ich jetzt noch mit Rührung ...
Also ...

Einmal, in einer schwülen, gewittrigen Nacht konnte ich nicht schlafen. Die Hitze, so eine Schwere – man konnte nicht atmen. Ich ging ans Ufer – der trübe Mond scheint, die Trauerweiden nicken mit traurigen Köpfen, das Riedgras rührt sich nicht in der schwülen Luft. Das Wasser ist schwer und dunkel, wie Tinte.

Warum gehe ich nicht ins Wasser? dachte ich. Wenigstens wird mir dann kühler.

Doch auch das Wasser kühlte nicht ab: bleiern, warm trennte es sich vor mir und schloß sich dann wieder zusammen, ohne um meinen Körper zu wallen.

Ich begann mit den Händen zu schlagen und Lieder zu singen, denn um mich herum herrschten Entsetzen und eine unerträgliche Stille. Meine Nerven sind wie Kabeltrossen, doch hier – ich weiß nicht, ob es an der Elektrizität in der Luft lag – waren sie so gespannt, daß ich am liebsten geweint hätte wie ein Mädchen.

Dann, als ich bereits ans Ufer klettern wollte, planschte etwas ganz gewaltig an meiner Schulter auf. Ich denke, ein Fisch. Strecke instinktiv die Hand aus, stoße auf etwas Längliches, Glitschiges, fasse es ... Mein Herz stand still ... Es war eine menschliche Hand. Ein Ertrunkener, dachte ich. Plötzlich begann der unbekannte Körper zu zucken und zu zappeln, riß sich aus meiner Hand ... ein Kopf zeigte sich ... ein wunderschöner weiblicher Kopf mit traurigen, flehenden Augen ... Zwei weiße, runde Hände schlugen hilflos über dem Wasser ...

Und, seltsam, sobald ich sah, mit wem ich es zu tun hatte, beruhigte ich mich. Eine seltene Gelegenheit, dachte ich, und entschloß mich, sie zu nutzen. Meine Hände umarmten fest ihre schlanke, schmiegsame Taille, und eine Minute später wälzte sie sich bereits stöhnend auf dem Sand vor meinen Füßen.

Ich beruhigte sie mit ein paar zärtlichen Worten, streichelte ihre nassen, welligen Locken, hob sie vorsichtig auf meine Arme und trug sie in die Hütte. Sie lag still und beobachtete mich mit ihren traurigen Augen, in denen sich Furcht spiegelte.

Beim Lampenlicht betrachtete ich meine Gefangene eingehend. Sie sah genauso aus, wie die Maler sie malen: weißer Körper wie aus Marmor, schlanke Hände und schöne Schultern, bedeckt von seltsamem, grünem Haar. Anstelle von Beinen hatte

sie einen langen, schuppigen Schwanz, der am Ende flach war, wie bei einem Fisch.
Wenn ich ehrlich bin — dieser Körperteil wirkte auf mich abstoßend.
Im großen und ganzen lag aber vor mir ein appetitliches Geschöpf, und ich segnete die Vorsehung, daß sie einem Vagabunden wie mir eine derartige Gunst gewährte.
Sie lag auf meinem Bett, ihr nasser Körper glänzte. Schweigend schaute sie mich an mit Augen, in denen sich eine animalische Angst spiegelte.
›Hab keine Angst!‹ sagte ich zärtlich. ›Der alte Kranz wird dir nichts Böses tun.‹
Und ich küßte sie auf ihre rosa Lippen.
Hm . . . Ich muß ehrlich sein: ich habe viele Frauen in meinem Leben geküßt, doch nie habe ich einen solchen Fischgeruch bemerkt wie in diesem Fall. Ich mag Fischgeruch: er erinnert mich an das Meer, an Salz und Gesundheit, doch nie hätte ich einen Barsch oder eine Karausche geküßt.
›Ich glaube‹, fragte ich, indem ich sie zögernd um die Taille faßte, ›du lebst hauptsächlich von Fisch?‹
›Fisch . . .‹ murmelte sie und blinzelte mit ihren schwermütigen Augen. ›Gib mir Fisch.‹
›Hast du Hunger, meine Arme? Gleich bringe ich dir was, meine Kleine . . .‹
Ich holte aus der Kiste, die mir als Lebensmittelschrank diente, ein Stück kalten gebratenen Fisches und reichte es ihr.
›Aaa!‹ schrie sie weinerlich. ›Das ist kein Fisch. Fisch! Gib mir Fisch!‹
Ich erschrak. ›Aber, meine Liebe! Du ißt doch keinen rohen Fisch — oder? Pfui, wie eklig!‹
Und trotzdem mußte ich, mit großem Aufwand, lebendigen Fisch für sie beschaffen . . . Das Bild ist mir auch jetzt noch gegenwärtig: es waren eine kleine Karausche und zwei kleine Gründlinge. Sie nickte mit dem Kopf, griff mit geübter Hand nach dem Gründling, biß ihm den Kopf ab und spuckte ihn aus, wie eine gewöhnliche Frau einen Pfirsichkern. Der Körper des Gründlings knirschte sogleich zwischen ihren Zähnen. Sie verziehen das Gesicht, meine Herren, aber ich muß die Wahrheit bekennen: die Karausche aß sie ganz, mit Kopf und Innereien . . . So scheint es bei ihnen Sitte zu sein.
›Wasser‹, stöhnte sie mit ihren Korallenlippen. ›Wasser!‹ Ich

brachte ihr einen großen Tonkrug mit Wasser und führte ihn zu ihrem Mund.
Doch sie packte den Krug, zog sich hoch, und mit sichtbarem Vergnügen begoß sie sich von Kopf bis Schwanz mit Wasser. Dann fiel sie wieder aufs Bett und kreischte vor Freude.
›Meine Liebe!‹ sagte ich. ›Kannst du darauf nicht verzichten? Nun hast du mir mein ganzes Bett naßgemacht. Wie soll ich denn schlafen?‹
›Wasser!‹ schrie sie kapriziös.
›Wirst auch ohne auskommen! Schau, wie das Wasser in Strömen vom Bett runterläuft. Schämst du dich denn überhaupt nicht?‹
In der Tat, die Steppdecke und das Kissen waren naß wie ein Badeschwamm, und mit jeder Bewegung der Gefangenen schwappte das Wasser im Bett über.
›Wasser!‹
›Der Teufel soll dich holen!‹ flüsterte ich. ›Hier, nimm das Wasser. Ertrink darin. Mich mußt du allerdings entschuldigen, meine Liebe ... Ich lege mich nicht zu dir ... Bin gar nicht daran interessiert, mir einen Schnupfen zu holen.‹
Der zweite Wasserguß beruhigte sie. Sie lächelte mir zu, nickte mit dem Kopf und begann mit ihren wunderschönen, runden Händen in dem grünen Haar zu wühlen.
›Was suchst du?‹ fragte ich.
Sie hatte es aber bereits gefunden — einen Kamm. Das war einfach ein Stück von der Wirbelsäule eines Fisches, mit Knochen, die die Kammzacken ersetzten, wobei auf diesen Zacken stellenweise noch Fleisch klebte.
›Du wirst dich doch nicht mit dem ekelhaften Zeug kämmen?‹ Ich schnitt ein Gesicht.
Sie schwieg, fing an, sich zu kämmen, und sang dabei ein seltsames, trauriges Lied.
Ich saß lange neben ihrem Schwanz und hörte die merkwürdige, langgezogene Melodie. Dann stand ich auf und sagte: ›Das Lied ist schön, aber ich muß trotzdem schlafen gehen. Gute Nacht.‹
Sie lag auf dem Bett, blickte mit ihren melancholischen Augen auf die Decke, und ihre Lippen formten weiter dieselbe unkomplizierte Melodie.
Ich legte mich in die Ecke auf meinen Mantel und lag so etwa eine halbe Stunde lang mit offenen Augen. Sie sang immer noch.

›Jetzt hör endlich auf, meine Liebe!‹ sagte ich freundlich. ›Genug. Ich möchte schlafen. Du hast genug gesungen.‹
Sie sang, als habe sie meine Bitte nicht gehört. Das wurde mir zu dumm. Ich regte mich auf: ›Bist du endlich still, der Teufel soll dich holen! Was soll dieser Unfug! Keine Ruhe kriegt man bei dir!‹
Als sie mein Geschrei hörte, drehte sie sich um, schaute mich aufmerksam mit erschrockenen Augen an und schrie plötzlich mit ihren Korallenlippen: ›Wohin schleifst du es, du kahler Teufel, Micheitsch? Halte links! Pfui Deubel! Wieder hast du das Netz zerrissen!‹
Ich staunte. ›Was ist das? Woher kommt das?‹
Ihre Lippen fuhren fort zu sprechen, ohne Sinn und Verstand. ›Lawruschka, Teufel! Hast du den Wodka weggesoffen? Du hättest lieber Einbrecher als Fischer werden sollen, du räudiger Hund!‹
Das war offensichtlich der ganze Wortschatz, den sie bei den Fischern aufgeschnappt hatte.
Sie hat noch lange alle möglichen Schimpfwörter auf den mir unbekannten Lawruschka geschrien, vermischt mit argen Fischerflüchen.
Ich schlief erst bei Sonnenaufgang ein.
Die helle Sonne weckte mich. Ich lag auf dem Mantel, den ich auf dem Boden ausgebreitet hatte. Auf meinem Bett schlief meine Gefangene, und ihre Hände waren bei Tageslicht auch etwas grünlich. Ihr Haar war hellgrün, sah wie Tang aus, und da es allmählich trocknete, gingen die Locken kaputt. Die Haut, die im Wasser so glatt und zart erschienen war, wirkte nun rauh, zusammengeschrumpft. Die Brust atmete schwer, und der Schwanz schlug so hart auf das Bett, daß die Schuppen in Fetzen flogen.
Als die Gefangene meine Schritte hörte, öffnete sie die grünen Augen und krächzte mit rauher Stimme: ›Wasser, Wasser, du verfluchter Lawruschka, oder du sollst krepieren!‹
Ich zog eine Grimasse, ging zum Fluß und brachte einen Krug Wasser mit. Erst als ich das Zimmer betrat, merkte ich, wie schwül die Luft im Zimmer war: der ätzende Fischgeruch schien alles durchdrungen zu haben . . .
Krächzend begann sie sich mit Wasser zu begießen; ich setzte mich auf den Mantel und überlegte, ob es wirklich gut war, mich mit diesem absurden Geschöpf einzulassen: sie fraß wie ein Fisch, wie ein Hecht, schimpfte die ganze Nacht hindurch

wie ein Matrose und stank nach Fisch wie eine Heringsverkäuferin.
›Weißt du was?‹ sagte ich zögernd und näherte mich ihr. ›Ich glaube, es wäre besser für dich, zurück in den Fluß zu gehen – wie? Geh mit Gott! Für dich wäre es besser, und ich hätte meine Ruhe.‹
›Zieh das Netz, Lawruschka!‹ schrie sie. ›Wenn der Troß reißt, rupf ich dir die Ohren ab!‹
›Das sind mir Ausdrücke!‹ sagte ich vorwurfsvoll. ›Wie ein besoffener Fischer. Also . . . es reicht!‹
Den Ekel vor dem starken Fischgeruch bekämpfend, nahm ich sie auf die Arme, trug sie zum Fluß, warf sie auf den Sand und stieß sie ins Wasser. Ihr widerliches grünes Haar leuchtete auf, und dann verschwand sie. Ich habe sie nie mehr wiedergesehen.«

Schweigend hörten die Anwesenden die Geschichte von der Nixe an.
Kranz stand auf und suchte seinen Hut. Auch Derjagin machte sich auf den Weg.
»Und wohin gehen Sie?« fragte er den Dichter Pelikanow. »Zum Fluß?«
»Nein, ich glaube, ich gehe lieber nach Hause«, sagte der Dichter zögernd. »Es ist doch ein bißchen feucht heute . . .«

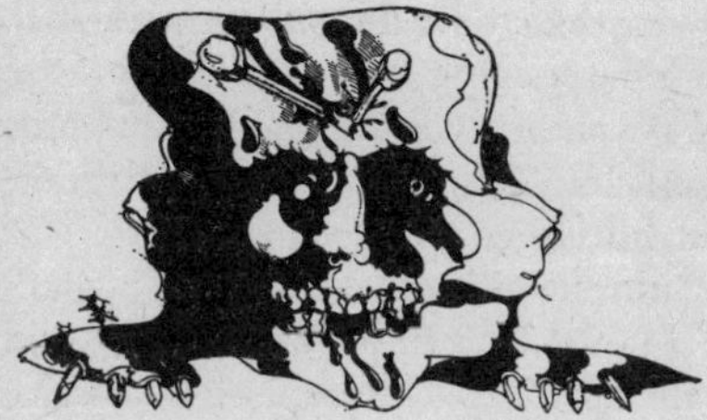

Quellenverzeichnis

Konstantin M. Stanjukowitsch, *Morskije rasskasi*, Moskau, 1951.

Friedrich Gerstäcker, *Ausgewählte Erzählungen und Humoresken*, Leipzig, 1903.

»Die Nacht auf dem Walfisch« wurde vom Herausgeber gekürzt und bearbeitet.

Leo N. Tolstoi, *Akula*, Moskau, 1968.

Francis Bret Harte, *Short Stories*, London, 1928.

Edgar Allan Poe, *A Descent into the Maelstrom*, New York, 1936.

Bram Stoker, *Dracula*, London, 1965.

Wilhelm Hauff, *Gesammelte Werke*, Wien, 1905.

Frederick Marryat, *Olla Podrida*, London, 1890.

»Die Legende vom Glockenfelsen« wurde bei der Übersetzung bearbeitet.

Washington Irving, *Tales*, London, 1928.

Washington Irving, *Works*, London, 1866.

Richard Barham Middleton, *The Ghost Ship and Other Stories*, London, 1912.

Arkadij T. Awertschenko, *Jumoristitscheskije rasskasi*, Moskau, 1964.

Christian Jacq

Christian Jacq est né à Paris en 1947. Il découvre l'Égypte à treize ans, à travers ses lectures, et se rend pour la première fois au pays des pharaons quatre ans plus tard. Après des études de philosophie et de lettres classiques, il s'oriente vers l'archéologie et l'égyptologie, et obtient un doctorat d'études égyptologiques en Sorbonne avec pour sujet de thèse : « Le voyage dans l'autre monde selon l'Égypte ancienne ». Parallèlement à sa carrière universitaire, il écrit des ouvrages de fiction dès l'âge de seize ans. Producteur délégué à France Culture, il travaille notamment pour *Les chemins de la connaissance.*

Christian Jacq publie son premier essai, *Le message des bâtisseurs de cathédrales*, en 1974, puis une quinzaine d'autres, dont *L'Égypte des grands pharaons* (1981), qui est couronné par l'Académie française, ainsi que *Le petit Champollion illustré* et *Initiation à l'égyptologie* (1994), qui mettent à la portée de tous des connaissances jusque-là réservées aux spécialistes.

Dans le domaine du roman, le premier grand succès de Christian Jacq est *Champollion l'Égyptien* (1987), succès confirmé par *La reine Soleil* (prix Jean d'Heurs du roman historique 1988) et *L'affaire Toutankhamon* (prix des Maisons de la Presse 1992).

Créateur de l'institut Ramsès, Christian Jacq a effectué avec son équipe une « description photographique de l'Égypte » destinée à préserver les sites menacés, et mène de fréquentes missions sur le terrain. Il poursuit ainsi une triple carrière d'égyptologue, d'essayiste et de romancier, qui le ramène toujours à l'Égypte ancienne.

